나는 너의 비밀을 알고 있어

# 나는 너의 비밀을 알고 있어

지아다 파베시 지음 · 이현경 옮김

푸른숲주니어

차
례

완벽한 패배

휘익.

공이 그물망 안으로 부드럽게 들어갔다. 심판이 손가락 세 개를 들어 올리자 관중석에서 함성이 터져 나왔다. 귀를 따갑게 하던 나팔 소리가 순식간에 뒤섞였다.

"3점 슛입니다! 경기 종료가 얼마 남지 않은 상황에서 미켈레 타데이의 3점 슛이 78 대 78, 동점을 만듭니다!"

미켈레가 자신을 향해 달려오는 팀원들을 감격 어린 눈빛으로 바라보았다. 각자 자유롭게 움직이지만, 결국 하나로 연결되어 있는 손가락과 같은 존재들이었다. 미켈레는 팀원들과 차례로 하이파이브를 한 후, 주먹을 불끈 쥐어 위로 높이 쳐들었다.

"람베르티 중학교의 포인트 가드가 환상적인 플레이를 보여 주었습니다."

　해설을 맡은 프랑코 아저씨의 목소리가 경기장 안에 쩌렁쩌렁 울려 퍼졌다. 프랑코 아저씨는 람베르티 중학교의 수위로, 쉬는 시간이면 간식을 싸게 팔거나, 교사 전용 엘리베이터를 몰래 쓰게 해 주어 학생들에게 인기가 많았다. 어쨌거나 프랑코 아저씨도 람베르티 중학교 소속이기 때문에 자칫 해설이 편파적으로 흐르지 않을까 걱정했는데, 꽤 공정하게 진행하고 있었다.

　"점수를 따라잡힌 베로네시 중학교가 타임아웃을 요청했습니다. 다음 공격 기회는 베로네시 중학교에 있고, 이 경기에서 이기면 학교 대항 플레이오프의 우승팀으로서 챔피언 결정전에 진출할 자격을 얻게 됩니다!"

　미켈레는 전광판의 시계가 멈추자마자 허리를 숙여 거칠게 숨을 내뱉었다. 그리고 딱딱하게 군은 다리와 두방망이질하는 심장을 다독이며 벤치로 걸어갔다. 순식간에 수십 개의 손이 몰려와 등을 두드리며 밤색 곱슬머리를 흐트러뜨렸다.

　"잘했어, 미켈레!"

　관중석에서 이시도라의 목소리가 들려왔다. 얼굴이 이미 새빨개져 있어서 천만다행이었다.

　"환상적인 슛이었어!"

　"역시, 미켈레야! 난 널 믿었다니까!"

　"어휴, 땀 냄새! 좀 닦아라, 닦아!"

갖가지 칭찬 사이에 등 번호 8번을 달고 있는 마티아의 얄미운 놀림이 섞여 들었다.

"야, 누가 여기에다가 염소를 풀어놨냐? 아, 미안. 너한테서 나는 냄새였네."

미켈레가 땀을 닦던 수건으로 마티아를 툭 치며 쏘아붙였다. 하지만 두 사람은 이내 서로를 힘껏 부둥켜안았다. 마티아 발드리기는 미켈레의 둘도 없는 친구이자 동료였다.

"아직 힘이 남아도나 본데, 그 힘은 제발 경기장에서나 써라."

그때 감독님이 불쑥 끼어들며 이글거리는 눈빛으로 두 사람을 노려보았다.

"저 시계가 0을 가리켜야 완전히 끝난 거다. 알겠냐?"

감독님은 손짓으로 선수들을 모으고는 점수 기록판을 내밀었다. 사실 그건 점수 기록판이 아니라 적의 공격을 막아 낼 작전용 지도에 더 가까웠다.

"모두 잘 들어. 딱 32초 남았어. 이게 무슨 뜻이지?"

둥글게 둘러선 선수들 한가운데에서 감독님이 한 명 한 명을 차례로 둘러보며 물었다. 모두들 지친 기색이 역력했다. 그러면서도 자못 상기된 표정이었다.

"추가 시간을 준비해야 할까요?"

등 번호 6번을 달고 있는 키다리였다.

"그래서 네가 키가 2미터인데도 여전히 후보인 거야, 루제리."

낮은 목소리로 으르렁거리는 감독님의 벌건 얼굴이 뭉크의 그림과는 비교조차 할 수 없을 정도로 참담하게 일그러졌다. '홍당무 타데이'라는 별명 그대로였다. 감독님이 없는 곳, 그러니까 라커룸 같은 데서 선수들은 감독님을 그렇게 부르곤 했다.

타데이……. 감독님은 미켈레와 성이 같았다. 사실은…… 미켈레의 아버지였다.

"이건 두 가지만 생각하면 된다는 뜻이다. 첫 번째, 점수를 허용하지 말 것. 두 번째, 기필코 점수를 낼 것! 밀착 수비로 상대가 옴짝달싹 못하도록 묶어 둬야 해. 마지막 남은 피자라고 생각하고, 세 명이 찰싹 달라붙어."

감독님은 말을 마치고선 기록판 위에 손을 올렸다. 그 위로 선수들이 하나둘 손을 모았다. 이윽고 손이 다 모이자, 구호에 맞추어 날카로운 창처럼 높이 솟구쳤다가 흩어졌다.

"보병, 파이팅!"

다 같이 힘차게 외치긴 했지만 미켈레는 마음이 영 편치 않았다. 마지막 남은 피자든 뭐든, 새 무릎뼈와 바꿀 수 있다면 기꺼이 내어 주고 싶은 심정이었다. 꼭 파라오의 저주를 받아서 온몸이 묶여 버린 미라가 된 것 같았다. 자신을 쉴 새 없이 따라오는 수십 명 관중의 눈쯤은 아버지의 눈 두 개에 비하면 아무것도 아니었다.

미켈레는 물을 한 모금 마시고 고개를 세차게 휘저었다. 그리고 곧장 코트 안으로 달려갔다. 나이키 KD13이 마룻바닥과 마찰을 일으키며 끼익거리는 소리를 냈다. 남은 시간은 32초, 심장이 대략 사십 회 정도 뛸 시간이었다. 그 정도라면 숨을 꾹 참고 집중해 볼까 싶기도 했지만, 제대로 뛰려면 결국 산소가 필요할 수밖에 없었다.

심판이 호루라기로 경기 재개를 알렸다. 미켈레는 등 번호 10번 선수 앞에 섰다. 10번은 미켈레보다 키가 훨씬 작아서 덩치만으로는 쉽게 집어삼킬 수 있을 것 같은 기분이었다.

이내 선수들의 움직임이 빨라지기 시작했다. 공이 핀볼 기계보다 더 빠른 속도로 왔다 갔다 했다. 팀원들이 3점 슛 라인 밖에서 수평으로 오가는 공을 쫓으며 철옹성 같은 수비를 펼쳤다. 관중들도 박자에 맞추어 구호를 외쳤다.

"수-비, 수-비, 수-비!"

수비. 미켈레는 늘 공격보다 수비가 어려웠다. 수비는 상대의 생각을 파악하고, 근육의 비밀스러운 움직임을 읽어야 했다. 눈동자가 오른쪽을 향해 있어도 발은 왼쪽으로 움직일 수 있듯, 극도로 집중하지 않으면 속임수에 당하기 십상이었다. 다행히 바짝 긴장한 상대의 가슴 근육이 움직이려는 방향을 정확히 알려주었다.

10번이 공을 전달받았다. 미켈레는 몸을 바짝 붙인 뒤, 거대한 독수리가 날개를 펴듯 두 팔을 높게 들어 그늘을 만들었다. 자신이 훨씬 더 크다는 것, 그래서 절대로 빠져나갈 수 없으리라는 걸 보여 주기 위해서였다.

하지만 10번은 재빨리 등을 돌려 가슴 부분, 그러니까 다음 움직임을 알려 줄 근육이 보이지 않게 구부린 자세로 드리블을 했다. 그러다 미켈레가 들어 올린 팔 사이로 쏙 빠져나가 버렸다. 관중석에서 실망 어린 탄식이 터져 나왔다.

미켈레는 반칙을 해서라도 10번을 잡기 위해 몸을 빙글 돌렸다. 이 싸움에서 질 수는 없었다. 그러나 미켈레의 긴 팔은 상대의 유니폼 끝자락에도 스치지 못했다.

베로네시 중학교가 다시 슛을 성공시켰다. 이번 득점은 현란한 다리와 능수능란한 손을 가진 10번 선수의 덕이었다. 점수판의 숫자가 80 대 78로 바뀌고, 남은 시간은 12초를 가리켰다.

미켈레는 꼼짝할 수가 없었다. 고개를 푹 숙인 채 바닥을 내려다보았다. 무릎이 아파서만은 아니었다. 얼굴을 들면 아버지와 눈이 마주칠까 봐 겁이 나서였다.

"미켈레!"

어느새 가까이 달려온 마티아가 미켈레를 급히 잡아당기며 소리쳤다.

"정신 차려! 아직 경기 안 끝났어!"

아득하게 멀어졌던 경기장의 소음들이 번쩍하며 되돌아왔다. 팀원들이 미켈레를 주시하며 경기 시작을 기다리고 있었다. 미켈레는 침을 모아 삼키고, 상대 팀 구역을 향해 뛰어들었다. 팀원들도 일제히 골대를 향해 뛰기 시작했다. 하지만 미켈레는 순식간에 나타난 등 번호 10번에게 가로막혔다.

11초. 미켈레는 10번으로부터 벗어나려고 안간힘을 썼지만, 도무지 빠져나갈 틈이 보이지 않았다.

10초. 앞에서 걸리적거리는 녀석을 확 밀쳐 버리고 싶은 충동을 누르느라 무진장 힘이 들었다. 만약 그랬다가 심판이 보기라도 한다면 이내 반칙이 선언되고, 그대로 승리를 상대 팀에 넘겨주게 될 터였다.

9초. 10번의 머리 위로 손을 흔들었다. 드리블을 하던 마티아와 눈이 마주쳤다. 아버지는 미켈레와 마티아가 꼭 자석 같다고, 둘 사이에 불가사의한 힘이 흐르는 것 같다고 말하곤 했다. 10번의 철통 같은 수비에도 패스가 성공한 데에는 진짜로 그 힘이 작용한 건지도 몰랐다.

8초. 작전에 따라 미켈레가 제자리에서 드리블하는 동안, 동료들은 미켈레가 골대를 향해 곧장 직진할 수 있도록 공간을 만들어 주었다.

7초. 드디어 10번을 따돌리고 심장 박동에 맞추어 공을 몰아 골대로 달려갔다.

6초. 마티아를 수비하던 상대 선수가 미켈레를 향해 달려오는 것이 보였다. 그 덕분에 골대 아래에 마티아가 혼자 남겨졌다.

마티아는 패스를 하라며 두 팔을 빠르게 흔들었다.

아까 수비에 실패한 것은 미켈레였다. 그러니 골을 넣어 실수를 만회하는 건 미켈레 자신이어야만 했다. 곧 미켈레의 손에서 공이 떠났다. 체육관 안의 모든 사람이 숨을 죽였다.

그 순간, 10번의 손가락이 미켈레가 쏘아 올린 공에 닿았다. 공을 낚아챈 10번이 저만치로 멀어져 갔다. 하지만 누구도 막지 못했다. 남은 2초는 그야말로 순식간이었다.

상대 팀 관중석에서 함성이 터져 나왔다. 반면에 미켈레네 팀 관중석에서는 수십 개의 휴대폰이 아래로 떨구어지면서 얼굴 가득 허탈감이 떠올랐다.

돌처럼 굳어 버린 미켈레 옆에서 상대 팀 선수들이 서로를 얼싸안았다. 심판에게 이의 신청을 할 만한 게 없는지 곰곰 생각해 보았지만 머릿속에 떠오르는 것이 전혀 없었다. 완벽한 패배였다.

미켈레는 머뭇거리다가 아버지를 바라보았다. 그렇게 실망한 얼굴은 처음이었다.

**이사하기 좋은 날**

"헤이, 구글! 샤워하다가 빠져 죽을 수 있는 방법 좀 알려 줘."

"미켈레, 그만해. 네, 잘못이, 아니야."

마티아가 다시 한번 또박또박 말했다. 이번까지 세면 천 번쯤
같은 말을 하는 중이었다. 다른 선수들은 이미 탈의실로 가 버려
서 샤워실 안에는 두 사람뿐이었다.

"모렐리 샤워기와 유압 기계 회사를 이용해서 여정을 시작하세요."

높낮이 없는 구글 어시스턴트의 목소리가 날카롭게 울렸다.

"우리도 다 실수했어."

마티아가 휴대폰에서 나오는 소리를 무시하며 말을 이었다.

"게다가 동점 골을 넣어서 그렇게라도 만회할 기회를 만든 건 너잖아. 마지막은 두 명이 가로막는 바람에 어쩔 수 없었던 거지!"

"하지만 가장 결정적인 순간에 실책을 범했다고."

미켈레는 마티아의 말을 가로채며, 손에 들고 있던 휴대폰을 샴푸 받침대로 내던졌다. 그 바람에 샴푸 통이 바닥으로 굴러떨어지면서 요란한 소리를 냈다.

"그때 어떻게 해서든 너한테 패스를 해야 했어."

미켈레는 이렇게 말한 뒤 고개를 푹 떨구었다. 마티아가 자기 말을 믿는지 확인하고 싶은 생각도 없었다. 서로 얼굴을 또렷이 마주할 때 오히려 진심이 거짓처럼, 거짓이 진심처럼 보이는 경우도 있으니까.

"있지, 닉은 3점 슛을 세 번이나 실패하고도 별일 없었어. 그러니까 너도 이번에 조용히 지나갈 수 있을 거야."

"그럴지도 모르지. 하지만 닉한테는 두 눈을 부릅뜬 채 문밖에 떡 버티고 있는 아버지 겸 감독이 없잖아."

마티아는 말문이 막혔는지 어정쩡하게 목덜미를 긁적였다.

"하, 이사하기에 딱 좋은 날이네."

미켈레는 수도꼭지를 거칠게 잠그며 투덜거렸다. 이내 둘 사이에 침묵이 흘렀다. 하지만 마티아는 미켈레가 지금 어떤 기분인지 충분히 이해할 터였다. 둘은 애써 말하지 않아도 척척 통하는 사이였다. 늘 붙어 다녔고, 늘 함께였으니까.

미켈레는 샤워실에 올 때마다 슬리퍼를 깜빡하는 마티아에게 늘 신발 한 짝을 빌려주었고, 마티아는 경기 때마다 상대편 반칙에 발끈하는 미켈레를 찬찬히 달래 주었다. 밤새 NBA 중계를 보고 새빨개진 눈으로 함께 등교했으며, 훈련을 마칠 때마다 광장에서 함께 케밥을 먹었다.

그리고 그들만의 밈이 담긴 폴더와 스포티파이의 플레이 리스트를 공유했다. 둘 다 같은 사람을 좋아했다. '이시도라'. 그렇다고 두 사람 중 누구도 경쟁 의식을 갖거나 선수를 치려고 하지는 않았다. 서로를 향한 우정이 더 중요하다고 생각했기 때문이다.

"뭐 해? 우냐?"

마티아가 분위기를 바꾸려는 듯 장난스럽게 놀렸다.

"뭐래? 샴푸가 눈에 들어간 거야."

미켈레 역시 마티아를 발로 걷어차면서 아무 일 아닌 것처럼 태연하게 받아쳤다.


"작별 인사 같은 건 하지 마. 부탁이야."

"하여튼…… 알았어. 그럼 곧 다시 보자."

마티아가 미켈레를 향해 씩 웃은 뒤, 제 엄마가 있는 곳으로 달려갔다. 미켈레는 멀어져 가는 친구를 바라보며 포옹이라도 나눌 걸 그랬나, 하고 잠깐 생각했다. 하지만 곧바로 고개를 저으며 뒤로 돌아섰다.

"4번."

바로 그때, 앞에서 들려오는 목소리에 미켈레의 몸이 차려 자세로 굳어졌다.

"그냥 가려고 한 건 아니지?"

아버지는 대체 무슨 생각을 하고 있는 걸까? 도무지 알 수 없는 표정으로 체육관 벽에 등을 기대고 서 있었다. 미켈레는 자기 아버지도 다른 아버지들처럼 화가 났을 때 성을 붙여 부르거나 팔짱을 끼고 노려보는 것 정도만 하면 좋겠다고 생각했다. 하지만 아버지는 절대로 그런 사람이 아니었다.

"왜요? 작별 인사라도 하시게요?"

미켈레는 어깨에 멘 가방을 치켜올리며 건성으로 대답했다. 그러자 아버지가 버럭 소리를 질렀다.

"딴소리하지 마! 오늘 경기에 대해서 어떻게 생각해? 패배 원인이 뭐지? 네 기분은 어땠고?"

미켈레는 이런 질문들이 끔찍하게 싫었다. 대답하기 곤란한 데다가, 경기가 끝난 후에도 선수가 아닌 보통의 자신으로 돌아오는 것을 가로막기 때문이었다. '내가 어떻게 알아요? 감독은 내가 아니라 아버지잖아요!'라는 말이 목구멍까지 치밀었지만 꾹 참고 내뱉지 않았다.

아버지가 미켈레 쪽으로 걸어왔다.

"세상에는 두 종류의 선수가 있어."

바야흐로 아버지의 경기 분석과 충고 타임이 시작되는 모양이었다. 미켈레는 그동안 이런 말을 들을 때마다 치러야 했던 대가들이 떠올랐다. 하지만 늘 그랬던 것처럼 조금도 반항할 수는 없었다. 자그마치 10여 년 전, 런던 올림픽에서 농구 종목 해설가로 활약한 경력이 있는 아버지의 충고가 아닌가.

"첫째는 키가 크고 덩치도 좋은 골리앗이야. 힘이 세고 공격력이 뛰어나지만, 워낙 단순해서 항상 똑같은 작전만 따르지."

그러고는 미켈레의 팔을 힘껏 움켜쥐었다. 미켈레는 어깨를 슬쩍 비틀어 아버지의 손아귀에서 벗어나려고 애썼다.

"그리고 다른 선수는 다윗이야. 다윗의 무기가 뭔지 아니?"

"새총?"

"아니, 바로 머리다."

아버지는 팔을 놓아준 뒤 둘째손가락으로 미켈레의 이마를 가리켰다. 뒤이어 미켈레의 콧등 윗부분을 톡톡 건드렸다. 눈살을 찌푸린 탓에 주름이 잔뜩 진 미간을……. 이상하게도 사뭇 다정한 느낌을 풍겼다.

"지금 엄마처럼 말씀하시는 거 아세요?"

"네 엄마는 똑똑한 사람이지."

엄마와 비교해서인지 살짝 짜증이 묻어나는 것 같았지만, 아버지는 이내 표정을 풀고 말머리를 돌렸다.

"어쨌든 중요한 건 이 상황에서 네가 할 수 있는 행동이 두 가지라는 거야. 눈물을 찔찔 흘리면서 좌절하거나, 오늘의 실수에서 배울 점을 찾아보거나. 그러면 졌어도 진 게 아니야."

"……하실 말씀 다 끝났으면 이제 가 봐도 되죠?"

훈계에 지친 미켈레가 이를 악물며 투덜거렸다. 방금 샤워를 하고 나왔는데도 열이 올라와 목 뒤가 화끈거렸다. 하지만 아버지는 미켈레의 태도가 마음에 들지 않았는지, 한층 더 굳은 얼굴로 말했다.

"미켈레, 대충 넘어갈 문제가 아니다. 네 미래와도 연결되는 이야기야."

미켈레는 눈을 들어 아버지를 멀거니 바라보았다. 언제나 벌겋던 아버지 얼굴이 지금은 잿빛에 가까웠다.

"네네, 죄송해요. 됐어요?"

미켈레는 두 팔을 휘저으며 한 발짝 앞으로 나섰다.

"하지만 어떡해요? 두 명이 저를 집중적으로 마크했다고요. 두 명이나요! 제가 뭘 더 어떻게 했어야 해요?"

"마티아에게 패스하기에 아무 문제가 없었어. 물론 너도 그걸 알았겠지."

주변에 아무도 없었지만, 아버지는 아주 조심스럽고 낮은 목소리로 말했다.

"아버지가 뭘 아세요? 경기를 뛴 건 아버지가 아니잖아요. 그

자리에 있었던 사람은 저예요. 바로 저라고요!"

미켈레는 폭풍처럼 쏘아붙이고는 휙 돌아서서 주차장으로 발걸음을 옮겼다. 이렇게 화가 날 때면 감정을 주체하지 못하고 생각지도 않았던 말을 내뱉는 일이 종종 있었다. 때로는 머리를 빠르게 굴려 상대방에게 상처 입힐 수 있는 말을 굳이 찾아내기도 했다. 선수로서의 아버지 생명은 이미 끝나서 더 이상 경기장에서 뛸 수 없다는 사실을 상기시키는 식의 말들…….

"암꽃술, 여기야!"

저만치 떨어진 주차장에서 엄마가 온몸을 움직이며 손을 흔들었다. 미켈레는 주차장 쪽으로 어기적어기적 걸어갔다.

"오늘 경기 잘 봤어. 진짜 잘하더라! 엄마는 네가 정말 자랑스러워."

엄마가 미켈레를 끌어안자 톡 쏘는 민트 향이 풍겼다.

"엄마, 무거워요……."

미켈레는 고개를 푹 숙인 채 엄마에게서 벗어났다. 갑작스러운 엄마의 포옹이 당황스럽기도 했지만, 오늘 자신의 경기 모습에는 자랑스러워할 만한 구석이 전혀 없다는 걸 잘 알아서였다.

"출발일을 늦춰 줘서 고마워, 아델라이데. 그 덕분에 미켈레가 오늘 경기를 뛸 수 있었어."

언제 뒤따라왔는지 아버지가 엄마에게 말을 건넸다. 마치 방금 전에 아무 일도 없었던 것처럼. 하지만 미켈레는 조금 전에 내뱉은 말 때문에 마음이 몹시 무거웠다.

"새 학기에 맞춰서 전학을 하면 더 좋겠지만 융통성 있게 움직이는 거지, 뭐."

부모님이 대화를 나누는 사이, 미켈레는 차 뒤로 걸어가 트렁크를 열고 가방을 아무렇게나 던져 놓았다.

"어쨌든 우리가 순위 결정전에 가게 된 건 다 네 덕이야. 3위가 되든 4위가 되든 경기를 한 번 더 뛸 수 있게 되었으니까. 물론 이제 네가 없으니 승리 가능성은 낮아지겠지만."

아버지는 이상하리만치 다정한 말투로 이렇게 말하고선, 마치 애정이라도 표하려는 듯 주먹으로 미켈레의 어깨를 툭 쳤다.

혹시 꿈을 꾸고 있는 건가? 아니면 조금 전까지 자신을 꼼짝 못하도록 노려보던 그 눈빛이 꿈이었나? 어쩌면 아버지의 이런 다정함은 엄마와 미리 합의한 행동일 수도 있었다. 두 사람이 이혼을 결정하는 동안 미켈레 모르게 일어났던 여러 일들처럼.

"자, 이제 아버지랑 인사해, 버섯. 더 머뭇거리다가는 러시아워에 걸려서 내일에나 도착할 거야."

엄마가 부자 사이의 미묘한 분위기를 눈치챘는지 갑자기 미켈레를 재촉했다. 아마도 20년간의 결혼 생활에서 얻은 노하우 같은 것이리라.

아버지는 미켈레의 팔을 당겨 힘껏 끌어안았다. 지금 미켈레가 가야 할 곳은 오늘 아침에 자고 나온 그 집이 아니었다. 앞으로 부모님은 함께 살지 않기로 했으니까. 이마 끝이 아버지 어깨에 툭 닿았다. 미켈레는 아주 잠깐 동안 가만히 있다가 망설임 없이 아버지에게서 떨어졌다.

"지금 내가 몸을 얼마나 구부렸는지 봤지? 다음에 만날 때는 지금보다 키가 더 커 있어야 해."

아버지가 미켈레의 등을 툭툭 두드리며 숙였던 몸을 바로 세웠다. 조금 전까지 아무렇지도 않다고 생각했는데 한순간에 기분이 묘해졌다. 아버지 말이 꼭 자신과 몇 달 뒤에나 만날 거라는 듯한 뉘앙스를 풍겼기 때문이다.

"곧 다시 만날 건데요, 뭐. 그렇죠?"

미켈레는 아버지 쪽으로 주먹을 들어 올리며 말했다. 딱히 의도가 있지는 않았다. 그냥 자연스럽게 나온 몸짓이었다. 아버지는 미켈레와 주먹을 살짝 맞부딪치며 엄마를 향해 고개를 끄덕였다.

"그래, 운전 조심하고."

미켈레는 조수석 문을 열고 탄력 없이 푹 꺼지는 시트에 털썩 주저앉았다. 그러고는 곧장 휴대폰을 꺼내 자동차에 시동을 거는 엄마와 손을 들어 보이는 아버지를 화면에 담았다. 마지막으로 학교 체육관을 찍었다.

"페이스북에는 올리지 마."

엄마가 운전할 때 쓰는 동그란 안경을 쓰며 짐짓 엄한 목소리로 경고했다.

"요즘 누가 페이스북을 해요? 이건 인스타에 올릴 거예요. 아무튼 걱정 마세요. 엄마 얼굴은 안 올릴 테니까."

미켈레는 자동차 창문을 내리고 아버지를 다시 바라보았다. 아버지는 이미 돌아서서 멀어지는 중이었다. 앞으로는 사진첩을 열어야만 아버지의 모습을 볼 수 있겠지. 그건 참 이상한 기분일 듯했다.

세스토산조반니의 낡은 집은 기억 속의 모습보다 훨씬 작았다. 원래는 외조부모님이 살던 집이라서, 주말에 농구 경기나 친구들과의 약속이 빡빡하게 잡히기 전까지는 몇 번인가 왔던 곳이었다. 오래전에 외할아버지가 돌아가시고, 외할머니마저 요양원에 들어가면서 줄곧 빈집으로 남아 있었다.

"미리 환기를 좀 시켜 둘걸……. 공기가 안 좋네."

미켈레는 엄마를 따라 323호로 들어갔다. 작은 방 크기만 한 현관 양쪽으로 문이 두 개 있었다. 하나는 부엌과 거실로 이어지는 문이고, 다른 하나는 침실과 욕실로 가는 문이었다. 두 사람은 먼저 부엌으로 갔다.

"냄새는 금방 빠질 거야. 날도 따뜻해졌으니 창문을 며칠만 열어 놓으면 돼."

"아, 밤새 모기들한테 뜯기겠네요!"

"개오동나무를 창틀에 올려 둘 거야. 그러면 괜찮아."

엄마는 그 말을 시작으로 모기를 쫓는다는 개오동나무인지 뭔지에 대한 극찬을 이어 갔다. 미켈레는 고개를 들어 천장을 바라보았다. 거미줄이 잔뜩 뒤엉켜 있는 모습을 보자 눈살이 절로 찌푸려졌다. 그때 일층에서 벨 소리가 들렸다.

"배달 왔나 보다. 수수새, 너는 네 방에 가방부터 옮겨 놔. 엄마는 내려가서 음식 받아 올게."

미켈레는 한숨을 폭 내쉬었다.

"그렇게 부르는 것 좀 그만하면 안 돼요? 수수새는 또 뭐람."

"아들, 수수새는 잡초야. 혹시 식물이 싫은 거면……."

미켈레는 엄마의 뒷말을 무시하고 부엌에서 나왔다. 어느 방을 쓰게 됐는지는 모르지만, 며칠 전에 카를로 삼촌이 짐을 미리 옮겨 놓았기 때문에 그것들이 어디 처박혀 있는지만 찾아내면 될 터였다.

욕실로 이어지는 복도에 들어섰다. 칙칙하기 짝이 없는 초록색 타일로 뒤덮인 욕실을 지나 왼쪽 문을 열었다. 그러자 강렬한 분홍색 벽이 눈을 강타했다. 꼭 인형의 집에 뚝 떨어진 기분이었다. 미켈레는 잽싸게 문을 닫고 맞은편 방으로 몸을 돌렸다.

"설마……, 침실이 이쪽에 하나 더 있었는데……."

이번에는 식물 화분이 발 디딜 틈 없이 빼곡하게 들어차 있었다. 누가 봐도 엄마 방이었다.

"엄마!"

미켈레가 소리를 꽥 지르며 부엌으로 달려갔다. 엄마는 배달 온 음식을 식탁에 늘어놓는 중이었다.

"제 방이 어디예요?"

"왼쪽 끝이란다, 파슬리."

"분홍색으로 덕지덕지 칠해 놓은 방?"

미켈레는 지금까지 이토록 이를 꽉 물어 본 적이 없었다.

"그래, 네 나이 때 엄마가 쓰던 방이야."

엄마는 아무렇지 않게 대답했다.

"왜? 분홍색이 별로니? 그럼 나중에 네가 원하는 색으로 다시 칠하자."

미켈레는 의자에 털썩 주저앉으며 두 손으로 머리칼을 움켜쥐었다. 잠시 후 마음이 좀 진정되자, 식탁 위에 올라와 있는 음식이 눈에 들어왔다.

"이게 뭐예요?"

"병아리콩 후무스(병아리콩에 올리브유와 레몬즙, 각종 향신료를 넣어 부드럽게 으깬 서아시아 전통 음식—옮긴이)."

"피자는요?"

"무슨 피자? 난 피자 먹을 거라고 한 적 없는데……."

순간, 심판이 반칙 휘슬을 불었을 때와 같은 분노가 훅 치밀어 올랐다. 자신의 명백한 반칙으로 화를 낼 입장이 아닌데도 분노로 속이 뒤틀리는…….

"으……, 아버지가 엄마를 배신하고 이혼을 선택한 게 하나도 놀랍지 않아요!"

엄마가 멈칫했다. 아, 지금 뱉은 말을 다시 목구멍으로 밀어 넣을 수만 있다면 병아리콩 후무스 따위는 얼마든지 먹어 치울 수 있을 것 같은데……. 하지만 말은 이미 튀어나와 버렸고, 미켈레의 멍청한 분노 역시 가라앉지 않았다.

미켈레는 잠깐 머뭇거리다가 쌀쌀한 저녁 공기로 마음을 가라앉히려 밖으로 나갔다. 조금 전에 내뱉은 말 중 하나는 틀렸고, 하나는 맞았다.

**구역 싸움**

외조부모님의 집, 아니 이제 미켈레가 살게 될 집은 6층에서 7 층짜리 건물이 옹기종기 모인 공동 주택 단지였다. 외관은 전부 벽돌로 지었는데, 스포르체스코성(이탈리아 밀라노에 있는 성채—옮긴이)처럼 자연스런 느낌의 붉은색은 절대 아니었다. 게다가 발코니에 쳐 놓은 빛바랜 녹색 차양 때문에 병원이나 요양원 같은 느낌이 흠씬 풍겼다.

미켈레는 안뜰을 지나 성큼성큼 걸어갔다. 가출 비슷한 걸 하는 셈이지만, 엄마가 금방 알아채지는 못하길 바랐다. 과보호 성향이 짙은 엄마가 이 사실을 알면 과호흡 증상으로 숨이 넘어갈지도 모르니까.

봄날에 어울리게 저녁 공기가 적당히 선선했다. 하지만 공원의 잔디밭에는 아직 초록색이 올라올 기미가 보이지 않았다. 미켈레는 빈자리 하나 없이 자동차가 꽉 들어찬 주차장을 지나치며 휴대폰을 꺼냈다.

> 생각했던 것만큼 나쁘지는 않아.

휴대폰 자판 위에서 미켈레의 손가락이 빠르게 움직였다.

> 천 배쯤 더 나쁠 뿐이지.

마티아와 끊임없이 수다를 떨었던 채팅창에 메시지를 보냈다. 그리고 스크롤을 올려 예전 메시지들을 훑어보았다. 메시지를 주고받지 않은 날이 거의 없었다. 평일이든 주말이든 가리지 않고 대부분의 시간을 붙어 지냈음에도 불구하고.

> 참아. 그래도 PP가 있잖아.

마티아의 답장을 보자마자 배에서 꼬르륵 소리가 났다. PP는 '피자 파티'를 뜻하는 두 사람만의 은어였다. 미켈레는 허리에 묶은 후드티의 소매를 꽉 조였다. 분노가 어느 정도 사그라들자, 그 자리에 배고픔이 들어찼다.

아마도.

미켈레는 피자 파티에 관한 언급 없이 간결하게 답장을 보냈다. 그러고 나서 공원 밖 길로 접어들었다. 주변은 한적했다. 좌우를 몇 번 살핀 후 인스타그램 라이브를 켰다.

문득 엄마의 경고가 떠올랐다. 엄마는 미켈레에게 셀 수도 없이 많은 공포의 씨앗을 심어 주곤 했다. 면봉을 귓속에 깊숙이 넣으면 안 된다, 휴대폰을 머리맡에 두고 자면 안 된다, 장애물에 부딪힐 수 있으니 길에서 셀카를 찍으면 안 된다 등등…….

그렇다. 엄마는 '셀카'라는 단어까지 썼다. 엄마가 그 말을 했을 때 미켈레는 짜증을 내며 셀카 대신 '사진'이라고 정정했다. 어른들은 나이 어린 사람들이 쓰는 말을 흉내 내면 자신도 어려 보일 거라고 착각하는 건가?

"굉장합니다."

미켈레가 굳은 얼굴을 풀고 애써 웃어 보이며 입을 뗐다. 라이브 방송에 접속한 사람은 대여섯 명 정도뿐이었다.

"저는 지금 르브론 제임스(미국의 프로 농구 선수. '르브론 제임스 가족 재단'을 설립해 소외된 지역에 놀이터를 만들어 주는 등의 자선 활동을 한다.—옮긴이)마저 잊어버린 것 같은 곳에 와 있는데요. 어딘지 맞히는 분에게 십 점을 드리겠습니다. 단언컨대 아는 사람은 아무도 없을걸요?"

인도가 어찌나 울퉁불퉁한지, 미켈레의 얼굴이 화면에서 사라졌다 나타나기를 반복했다.

"자, 그래서 여기가 어디냐면요. 루틸리오에발리디오 어쩌고 저쩌고 하는 길이랍니다. 혀가 꼬이는 이름이네요."

미켈레는 많지 않은 접속자들을 위해 카메라를 빙글 돌려서 주변을 비추어 보였다.

"오늘의 미션은 나를 살려 줄 음료 자판기와 감자칩 한 봉지를 찾는 거예요."

제자리에서 빙빙 도는 미켈레의 등 뒤로 키 큰 나무들이 스쳐 지나갔다. 산책로를 따라 쭉 늘어선 공원의 나무들이었다.

"여기에 자판기가 있다면 그게 기적이겠지."

그때였다.

"어이, 도련님!"

낮게 중얼거리는 미켈레의 목소리 위로 낯선 목소리가 겹쳐졌다. 어찌나 놀랐는지, 손에서 휴대폰을 놓칠 뻔했다. 미켈레는 휴대폰이 떨어지기 직전에 재빨리 낚아챘다. 반사 신경이 좋아 다행이라고 생각하면서.

난데없이 소리가 들려온 곳은 공원 안 울타리 쪽이었다. 그 너머 놀이터에서 여자아이가 느린 박자의 힙합에 맞추어 그네를 타고 있었다. 포니테일로 묶은 검정색 머리칼이 후드티에 달린 모자 위에서 살랑였다. 문득 이시도라가 생각났다.

하지만 미켈레를 부른 건 그 여자아이가 아니었다. 나무로 만든 성 모형 앞 벤치에 남자아이가 네 명이나 앉아서 미켈레 쪽을 바라보고 있었다. 대충 미켈레와 비슷한 나이로 보였고, 음악은 그들 주변에 있는 블루투스 스피커에서 흘러나왔다.

"나한테 한 말이야?"

미켈레는 그 아이들이 말하는 '도련님'이 자신을 가리키는 것인지 확인하기 위해 뒤를 돌아보며 물었다. 그와 동시에 휴대폰이 최신형이라는 걸 굳이 보여서 좋을 게 없겠다는 생각이 들었다. 그래서 휴대폰을 주머니에 슬쩍 집어넣었다.

잠깐의 침묵이 흐른 뒤, 형광 노란색 상의를 입은 아이가 말을 건넸다. 앉아 있는 모습만으로도 상당히 키가 커 보였다.

"이사 왔냐?"

"여기 사람들은 아무한테나 그런 식으로 말을 거나 보지?"

"아니, 우리 구역을 홍보하는 개자식한테만 그래."

휴대폰을 급하게 집어넣느라 미처 종료하지 못한 라이브 방송에서 두 사람의 대화가 새어 나왔다. 미켈레는 그 소리를 감추려고 크게 웃음을 터뜨렸다. 사실 방송 소리를 덮기 위해서만은 아니었다. '홍보는' 것처럼 들렸다는 자신의 말을 하나도 후회하지 않는다는 걸 보여 주기 위해서이기도 했다.

"너희 구역이라고? 너희가 뭔데? 여기에 뭐, 영역 표시라도 해 뒀냐?"

미켈레는 네 아이를 차례로 훑어보았다. 이건 아버지가 가르쳐 준 것으로, 상대의 기선을 제압하는 노하우 비슷한 거였다. 무리 전체를 바라보면 거대한 덩어리가 되지만, 개개인을 따로 보면 훨씬 약한 먹잇감이 된다나 뭐라나.

"그럼 뭐 어쩔 건데? 그 울타리 안으로 넘어가면 컹컹 짖기라도 할 거야?"

미켈레의 말에 그네를 타던 여자아이가 크게 웃음을 터뜨렸다. 하지만 그 웃음이 다른 아이들에게는 분노 버튼 같은 것으로 작용한 모양이었다. 노란 상의가 벤치에서 벌떡 일어나 으르렁댔다.

"난 잔머리 굴리는 놈들 엄청 싫어해."

"왜? 네가 더 멍청이처럼 느껴져서?"

머릿속에서 도망가라는 경고음이 계속 울렸지만, 미켈레는 생존 본능이 알리는 충고를 받아들이지 않았다. 오히려 알 수 없는 무모함에 이끌려, 가로등 불빛이 쏟아지는 중앙 무대로 발걸음을 성큼 옮겼다.

"우리 도련님, 신고 있는 운동화 좀 봐라. 아주 멋지네."

가까이 다가온 남자아이가 날카롭게 웃었다. 그 어떤 도발에도 꿈쩍하지 않고 남을 약 올리는 데만 능숙한, 그런 사람의 웃음이었다.

"나는 도련님이 아니고 미켈레 타데이야."

미켈레는 화가 나서 소리쳤다.

"그래? 난 루카 폰초니."

루카라는 아이가 대수롭지 않은 듯이 대꾸하고는 미켈레의 신발을 손으로 가리켰다.

"새로 나온 나이키 KD13 맞지? 나는 검은색이 좋더라, 빨간색은 너무 흔해서. 너 같은 애한테는 빨간색이 딱인 것 같지만."

미켈레는 루카가 집주인인 것마냥 으스대며 기대어 있는 나무 울타리까지 다가갔다. 다른 아이들은 벤치에 그대로 앉아 두 사람을 지켜보았다. 여차하면 1대 4로 맞붙게 될 상황이었다. 농구 시합이라면 모를까, 이런 상황에서는 미켈레가 어떤 꼴을 당하게 될지 불을 보듯 뻔했다.

"200유로짜리 운동화를 신고 있어 봤자 레이업 슛조차 제대로 못할걸."

루카의 빈정거림에 미켈레가 코웃음을 치며 대꾸했다.

"물론이지. 얼마나 못하면 보병에서 주전 자리를 내어 준 적이 없겠어?"

"보병 주전이라고?"

그 말에 벤치에 앉아 있던 아이들 중 하나가 탄성을 내뱉었다. 루카가 그 애를 재빨리 노려보았다. 실제로 미켈레가 뛰던 보병 팀은 최근 몇 년 동안 전국 학생 농구 리그에서 쭉 우승을 했다. 제아무리 시골 변두리라도 농구에 관심이 있다면 모를 리가 없었다. 순간, 우월감이 쓱 밀려들었다.

"그래, 내가 포인트 가드야."

미켈레는 팔짱을 끼고 가슴을 쫙 펴며 말했다. 비록 루카가 몇 센티미터쯤 더 커 보이긴 했지만, 농구 실력만큼은 자신이 훨씬 뛰어날 거라는 확신이 있었다.

"아까 타데이라고 했나? 타데이라면 국가 대표로 뛰다가 지금 보병팀 감독을 맡고 있는 사람이잖아."

뒤에서 들려온 목소리에 루카의 얼굴에서 웃음기가 사라졌다.

"아, 이제 알겠네. 네 아버지가 널 그 팀의 주전으로 밀어 넣은 거지? 별것도 아닌 자식이잖아."

그 말을 듣자마자 미켈레는 루카에게 득달같이 달려들었다. 하지만 두 사람 사이에 울타리가 있어서 미켈레가 할 수 있는 건 루카의 윗옷 자락을 붙잡는 일뿐이었다.

"입 닥쳐, 이 자식……."

그 순간, 루카의 주먹이 미켈레의 왼쪽 얼굴로 내리꽂혔다. 그와 동시에 눈앞이 깜깜해졌다. 눈두덩이를 덩달아 맞은 모양이었다. 미켈레는 그 상황에서도 잡고 있던 옷자락을 놓지 않고 밑으로 잡아당겼다. 곧이어 무언가 울타리 기둥에 쿵 부딪히는 소리가 났다.

그러자 세 아이가 우르르 달려와 미켈레를 울타리 멀리 밀어 냈다. 그 바람에 미켈레는 옷자락을 손에서 놓치며 뒤로 벌러덩 넘어지고 말았다.

"루카, 그만해! 너희도 그만둬!"

그네를 타던 여자아이가 소리를 질렀다. 목소리가 길 건너 공동 주택까지 들렸는지, 사람들이 창밖으로 고개를 내밀었다. 루카에게 다시 달려들려고 했지만, 어느새 사람들이 몰려들어 기웃거리는 바람에 그럴 수 없었다. 어쩌면 그들 중에 녀석들의 친구나 가족이 있을지도 몰랐다. 미켈레는 맞은 눈두덩을 손으로 가리고 집을 향해 달렸다.

눈 밑으로 피가 흘러내렸다. 현관문 앞에서 미켈레를 기다리고 있던 엄마는 아무것도 묻지 않은 채 그저 얼굴을 조심스럽게 어루만졌다. 마치 무슨 일이 일어났는지 알아내려는 것처럼.

미켈레는 그 손을 거칠게 뿌리치며 집 안으로 들어갔다. 엄마의 이런 행동은 도저히 참을 수가 없었다. 내가 아직도 다섯 살짜리 어린아이인 줄 아는 걸까? 그냥 몇 대 얻어맞았고, 피가 조금 났고, 시야가 약간 뿌옇고, 시퍼렇게 멍이 좀 들었겠지. 그뿐이었다.

"미켈레."

엄마가 방으로 가려는 미켈레를 붙잡았다.

"알았어요. 앉을게요."

미켈레는 체념한 듯 식탁 의자에 털썩 앉았다. 그 모습을 바라보던 엄마가 냉동실에서 부스럭거리며 뭔가를 꺼내어 건넸다.

"이걸 얼굴에 대라고요? 진심이세요?"

붓기를 가라앉히라고 건네받은 것은 꽁꽁 얼어붙은 완두콩 덩어리였다.

"블루베리……."

절로 한숨이 나왔다. 블루베리라니! 뭣 때문에 그렇게 부른 게 너무 뻔해서 하나도 웃기지 않았다.

"이제 말해 줄래?"

엄마는 불안감이 가득한 표정으로 눈동자를 이리저리 굴렸다.

"갑자기 집을 왜 나간 거야? 밖에서는 무슨 일이 있었던 거고?"

아버지와 달리, 엄마는 절대 큰소리를 내지 않았다. 기분이 좋지 않을 때도 지금처럼 단호하긴 하지만 말투만큼은 부드러웠다. 하지만 그런 말투가 도리어 미켈레의 배 속을 쿡쿡 찌르는 것처럼 뒤틀리게 만들었다.

"그럼 엄마는 무슨 생각으로 PP를 건너뛰신 거예요?"

"PP? 그게 뭔데?"

엄마의 어리둥절한 얼굴을 보고 나서야, 미켈레는 이 암호가 무얼 뜻하는지 설명하기가 퍽 난감하다는 것을 깨달았다. 어른들이 못 알아듣게 하려고 만든 암호이니, 그런 걸 만들었다는 사실 자체가 엄마에게 소외감을 줄 것이 뻔했다.

"엄마는 대체 아시는 게 뭐예요? 심지어 제 등 번호도 기억 못하시잖아요!"

힘껏 소리를 지른 탓에 왼쪽 얼굴 전체가 욱신거렸다. 하지만 미켈레는 통증을 애써 무시하며 벌떡 일어났다.

"이 멍청한 완두콩은 다시 넣어 두세요. 멍 빼는 데는 전혀 쓸모없을 테니까."

미켈레는 완두콩을 던지듯 내려놓고 몸을 휙 돌렸다. 홧김에 내뱉은 말이 조금 후회되었지만 어쩔 수도 없는 노릇이었다.

## 비밀을 털어놓는 앱, 마이 셀프

    주말 내내 쉬었는데도 눈의 부기가 다 가라앉지 않았다. 월요일이 된 뒤에도 미켈레의 얼굴 절반은 여전히 터질 것처럼 부어 있었다. 하지만 크게 걱정하지는 않았다. 사실 새 학교 학생들이 약간 불량할 것이라 생각하고 있었기 때문이다. 운동장 같은 곳에서 수시로 싸움이 일어날 테니, 얼굴에 멍 든 사람이 비단 자신뿐만은 아니리라 여겼다.

    그도 그럴 것이 전학 온 몬타넬리 중학교는 몇십 년 전에 파산한 보험 회사의 낡은 건물을 그대로 사용하고 있었다. 언제 칠했는지도 모를 만큼 색이 바랜 석고보드 벽에, 바닥에 깔린 카펫에서는 악취마저 올라왔다. 그렇게 맞이한 첫인상이 학교 이미지를 더욱 안 좋게 만들었다.

하지만 예상과 달리 푸르뎅뎅하게 멍 든 얼굴로 복도를 당당히 가로지르는 사람은 미켈레뿐이었다. 그 덕에 머리 위에 거대한 화살표가 둥둥 떠다니며, '나를 좀 봐. 전학생이야. 게다가 대판 싸웠다고!'라고 가리키기라도 하는 듯, 사방에서 호기심 어린 시선이 쏟아졌다. 심지어 다들 미켈레가 람베르티 중학교에서 전학 왔다는 것도 알고 있었다.

"뭘 봐? 내가 모카신을 안 신고 있어서 실망이라도 했냐?"

미켈레는 계단을 오르는 내내 눈을 떼지 않는 두 여학생에게 소리를 버럭 질렀다. 마침내 두 사람이 키득거리면서 사라진 후에야 노려보던 눈에 힘을 풀고서 교실을 찾기 시작했다.

그때 누군가가 미켈레의 오른손을 덥석 붙잡았다.

"안녕! 나는 바질이야. 네가 소문의 그 전학생이구나? 만나서 반가워."

미켈레는 손의 주인을 확인하기 위해 시선을 아래로 내렸다. 그곳에 환한 미소와 갈색 피부, 반짝이는 하얀 치아, 생기 있는 눈을 가진 아이가 서 있었다. 한참이나 작은 것으로 보아, 학년이 낮은 하급생인 듯했다.

"그래, 안녕."

무뚝뚝한 표정을 짓긴 했지만, 손을 위아래로 세차게 흔드는 바질을 딱히 제지하지는 않았다. 이 아이는 미켈레의 눈을 피하지도, 얼굴의 멍을 과하게 의식하지도 않았기 때문이다.

"미켈레 타데이, 맞지?"

바질은 미켈레의 이름을 정확하게 기억하고 있는 게 자랑스런 일이라도 되는 듯이 말했다.

"회장이 전학생이 올 거라고 미리 알려 줬거든. 너를 정말 만나고 싶었어."

"만나고 싶었다……고?"

그 말에 미켈레는 뒷목을 긁적이며 한 발짝 뒤로 물러났다. 조금 이상한 아이라는 생각이 들었다. 거리를 두는 게 좋을 것 같았다.

"나도 '새로 온 아이'였거든. 벌써 일 년 반 전이긴 하지만. 그래서 네가 지금 어떤 기분일지 완벽하게 이해해. 일단 이 학교에서 지켜야 할 규칙을 알려 줄게. 그걸 어기면 교감실에 불려 가거든. 첫째, 비상계단을 이용하면 안 돼. 둘째, 엘리베이터는 선생님들만 타실 수 있어. 그리고 셋째……."

때마침 종소리가 울리면서 바질의 뒷말을 잡아먹었다. 미켈레는 수업 시작종이 이렇게 반가웠던 건 처음이었다.

"저기, 브라질……."

"바질이야. 바질 페스토 할 때의 바질."

바질이 미켈레의 말을 상냥하게 정정했다.

"네가 지금 길을 막고 있는데……."

미켈레는 멋쩍은 기분이 들어 습관적으로 얼굴을 쓰다듬다가 그만 얼굴을 찡그렸다. 멍 든 부위는 아직 살짝 스치기만 해도 주먹으로 다시 맞는 것처럼 아렸다.

"아, 미안. 그러니까 내가 하려던 말은……. 어, 고마워. 그런데 이제 교실에 가야 할 것 같아."

미켈레가 교실 쪽으로 걸어가자 바질이 곧장 뒤따라왔다.

"같이 가, 미켈레!"

미켈레는 짜증이 훅 치밀었다. 바질이 아침 8시에서 5분도 채 지나지 않은 시각인데도 어마어마한 에너지를 갖고 있다는 사실에 놀란 건지, 아니면 말귀를 못 알아듣는 집요한 성격에 짜증이 난 건지는 알 수 없지만.

"있잖아."

미켈레는 바짝 따라붙는 바질을 멈춰 세우며 말했다.

"나는 3학년 C반이야. 교실은 혼자 찾을 수 있고, 이제 수업이 5분 남았으니 너도 빨리 1학년 층으로 내려가는 게 어때? 어쨌든 환영해 줘서 고마워. 이건 진심이야. 그러니 이제 제발 가."

그 말에 바질이 킥킥거리며 웃음을 터뜨리고는 자신을 붙잡고 있는 미켈레의 팔을 떨어냈다. 갑자기 갈 곳을 잃은 미켈레의 두 팔이 묽은 밀가루 반죽처럼 힘없이 아래로 흘러내렸다.

"1학년 층으로 가라니, 재미있는 농담이었어. 나도 3학년 C반이야. 따라와."

금세 점심시간이 되었다. 미켈레는 바질로부터 벗어나기 위해 화장실에 가야겠다는 아주 고전적인 핑계를 댔다. 그러고는 교실에서 나와 화장실 대신 자판기로 향했다. 동전들이 땡그랑거리며 자판기 안으로 떨어지는 동안, 마티아에게 메시지를 보냈다.

> 새로운 반 친구들은 통제 불가능한 야생마 같아. 그나마 좋은 건, 여긴 간식을 먹어도 뭐라고 할 타데이 감독이 없다는 거지.

그리고 아래에 자판기에서 방금 뽑은 간식 사진을 첨부했다. 미켈레는 답장이 오지 않는 휴대폰을 한참이나 바라보다가 창가에 앉아서 과자를 먹기 시작했다.

창밖의 하늘은 복도와 마찬가지로 잿빛이었다. 그나마 창문이 열려 있어서 곳곳에 밴 곰팡이 냄새를 맡지 않아도 되는 것이 다행이었다. 휴대폰은 과자를 다 먹어 갈 때까지도 여전히 잠잠했다.

미켈레는 휴대폰에서 눈을 떼고 과자 봉지를 구겨 가까이에 있는 휴지통으로 던졌다. 봉지는 포물선을 그리며 휴지통 안으로 쏙 들어갔다.

미켈레가 자신의 슛 실력에 살짝 우쭐함을 느끼고 있을 때, 누군가가 눈처럼 가벼운 걸음걸이로 다가왔다. 고개를 돌리자 주먹 쥔 양손을 허리에 얹은 여자아이가 서 있었다. 얼굴 옆에서 물결치는 황갈색 긴 머리……. 교실 맨 앞줄에서 고개를 숙이고 열심히 필기하던 그 아이가 분명했다. 미켈레가 먼저 말을 걸었다.

"어, 너……. C반이지? 나랑 같은 반. 왜? 나한테 할 말 있어?"

"그래, 맞아. 근데 네가 조금 전에 던진 쓰레기를 알맞은 휴지통에 제대로 버려 줬으면 해서."

미켈레는 과장되게 웃음을 터뜨렸다. 재미없지만 무시하기에는 좀 뭣한 농담을 들었을 때에 나오는 버릇이었다. 하지만 여자아이는 따라 웃지 않고 도리어 얼굴을 더 찌푸렸다.

미켈레는 웃음을 멈추고 되물었다.

"방금 농담한 거 아니었어?"

여자아이는 쓰레기통에 손을 쑥 집어넣어 과자 봉지를 꺼내더니 미켈레의 코앞에 대고 흔들었다.

"이건 비닐봉지야. 노란색 휴지통에 버려야 해."

꼭 선도부원 같은 말투였다. 순간 짜증과 당혹감이 치밀었지만, 미켈레는 아주 조심스럽게 대답했다. 약간 위험해 보이는 사람은 자극해서 좋을 것이 없었다.

"어……, 그래. 알겠어. 오케이……."

"난 테사야. 테사 콜롬보."

짧은 순간의 침묵을 자기소개의 시간으로 받아들였는지, 테사라는 아이가 자신의 이름을 알려 주었다.

"그래, 안녕. 쓰레기통에 거침없이 손을 집어넣는 게 참 매력적이네."

미켈레는 짧게 한마디를 남기고는 곧장 돌아서서 가까운 화장실로 대피하듯 들어갔다. 테사가 자신의 말에 담긴 빈정거림을 알아차렸을지 궁금했지만 확인하러 다시 나가고 싶지는 않았다.

가볍게 한숨을 쉬고 차가운 라디에이터에 몸을 기댔다. 고작 몇 시간 동안 이상한 아이들을 너무 많이 만난 것 같았다.

휴대폰을 꺼내 마티아에게서 답장이 왔는지 확인했다. 웃는 얼굴의 이모티콘과 사진이 와 있었다. 친구는 이렇게 행복해 보이는데 나는 왜……. 미켈레는 한껏 불행한 얼굴로 거울을 보았다. 멍은 보라색으로 변하며 점점 더 넓게 번지고 있었다. 하지만 이렇게 맞는 걸로 예전 학교에 돌아갈 수 있다면 몇 대라도 더 맞고 싶은 심정이었다.

"이야, 이게 누구야? 우리 도련님이잖아."

익숙한 목소리에 미켈레는 눈을 꾹 감았다. 일어날 리도 없고 일어나서도 안 되는 끔찍한 상황이었다. 하지만 꿈이길 바라는 미켈레의 바람과 달리, 활짝 열린 화장실 문이 벽과 부딪치며 내는 요란한 소리는 너무나도 생생했다.

그곳에 루카가 서 있었다. 자랑이라도 하듯 턱에 반창고를 붙인 채로. 루카는 이틀 전에 주먹질로 첫인사를 주고받은 적이 없기라도 한 듯 태연한 얼굴로 걸어와 손을 씻으며 자연스럽게 말을 걸었다.

"훨씬 보기 좋네. 멍이라도 드니까 부잣집 도련님 느낌이 덜하잖아."

"네 부하들이 없으니까 좀 얌전해졌네? 칭찬을 다 하고."

"이게 죽고 싶……."

루카가 얼굴을 확 구기며 미켈레 쪽으로 물을 흩뿌렸다. 미켈레는 한 손으로 막으며 다른 손으로 수도꼭지를 잡았다.

속이 부글부글 끓었다. 얼굴을 보는 것만으로도 두드러기가 올라올 것 같았다. 하지만 수업 시작종이 울리는 바람에 그저 노려보기만 하다가 화장실을 나와야 했다. 짜증이 잔뜩 스민 얼굴로 교실에 돌아가니, 이번에는 지긋지긋한 바질이 교실 문 앞에서 싱글벙글 웃으며 기다리고 있었다.

이 학교에는 선생님이 오기 직전까지 복도에서 노닥거려 주던 마티아가 없었다. 계단 구석에 앉아 초자연 현상에 관한 책을 읽던 괴짜 선생님도 없고, 선생님들만 쓰는 와이파이 비밀번호를 몰래 알려 주던 프랑코 아저씨도 없었다. 갑자기 바닥에서 올라오는 카펫의 악취가 참기 힘들었다. 더 이상은 교실에서 일 분도 버틸 수 없을 것 같았다.

미켈레는 등을 돌려 교실을 빠져나온 뒤, 계단을 두 칸씩 성큼성큼 뛰어 내려가 자전거 보관대로 갔다. 그곳에 세워 둔 삼촌의 낡은 자전거 자물쇠를 풀고 교문 밖으로 페달을 밟았다. 아무도 미켈레에게 외출증이나 조퇴 확인서를 요구하지 않았다. 물론 달라고 한들 줄 수도 없었겠지만.

"헤이, 구글. 람베르티 중학교로 가는 길을 알려 줘."

미켈레는 휴대폰을 향해 웅얼대며 일단 눈앞에 보이는 길로 달려 나갔다. 빛바랜 낡은 건물과 주차장이 계속 이어졌지만, 자전거 전용 도로는 보이지 않았다.

구글이 목적지까지 걸어서 두 시간 정도 걸린다고 알려 주었다. 자전거를 타고 가면 한 시간 정도로 줄어들겠지만, 그때쯤이면 교문이 닫혀 버릴 터였다. 하긴, 수업을 마치기 전에 도착한다 한들 누구를 만나 무슨 말을 할 수 있을까?

미켈레는 학교와 집에서 최대한 멀어지고 싶었다. 무작정 길을 따라 달렸다. 실컷 달리다 보니, 어느 순간 같은 구역을 빙빙 돌고 있었다. 이곳은 대도시가 아니었다. 작은 마을은 너무 좁아서 그 어디에도 숨을 곳이 없었다.

결국 작은 공원에서 멈췄다. 지난번에 루카를 만났던 공원은 아니었다. 잔디밭에 앉아 휴대폰을 꺼냈다. SNS를 멍하니 구경하고 있는데, '마이 셀프'라는 앱의 광고가 팝업창으로 떠올랐다. 익명으로 자신의 비밀을 털어놓는 앱……. 다운받은 적은 없지만 어떤 앱인지는 알고 있었다.

잠시 머뭇거리다가 검지로 설치 버튼을 눌렀다. 다운로드가 시작되었다.

## 시스템 오류

비밀을 털어놓는 앱이라니! 마이 셀프는 지금껏 다운받은 앱 중에 가장 바보 같을 거라는 확신이 들었다. 물론 실상은 요즘 아이들 사이에서 가장 화제인 앱이었지만. 미켈레는 작게 콧방귀를 뀌고 휴대폰을 옆에 내려놓았다. 그러고 나서 가방을 두 발 사이에 끼운 채 뒤로 벌렁 드러누웠다.

미켈레는 SNS를 즐기는 편은 아니었다. 친구들과 소통하기 위해 이것저것 가입하긴 했지만 뭔가를 올리지는 않았다. 딱히 그게 재미있다는 생각이 들지도 않았다. SNS는 정말로 할 게 없어서 따분할 때나 가끔 들여다볼 뿐이었다. 사실 마티아를 빼고는 누구와도 자신의 삶을 공유해야 할 필요를 느끼지 못했다. 그 마티아한테서는 점심 즈음에 보낸 이모티콘 말고 더 온 것이 없었지만.

다시 휴대폰을 들어 보니 다운로드가 끝나 있었다. 앱을 실행하자 로딩 화면이 나타났다.

1. 얼굴을 보이지 마세요. 이 앱은 익명에 기반합니다.

화면을 슬라이드해서 넘겼다.

2. 마이 셀프에 처음 접속하셨나요? 사용자의 이름은 다음 질문들에 대한 당신의 대답에 따라 랜덤으로 정해집니다.

다시 화면을 넘기자 질문이 나타났다.

Q : 가장 좋아하는 노래는 무엇입니까?

예전이라면 비밀 같은 건 마티아에게 모조리 털어놓았을 텐데. 물론 마티아가 없다고 해서 대체재로 앱을 찾진 않을 것 같지만…… 어떻게 할지는 일단 가입하고 나중에 결정해도 될 일이었다.

미켈레는 가방을 뒤져 이어폰을 꺼냈다. 그리고 휴대폰에 연결한 뒤, 노을이 가라앉는 오후를 위해 만들어 둔 재생 목록을 뒤적였다. '땅거미의 눈물'이라는 제목을 붙인 목록이었다. 미켈레는 좋아하는 음악이 거의 한결같았다. 같은 음악을 신물 날 때까지 반복해서 듣고 난 뒤에 다른 음악으로 바꾸곤 했기 때문이다.

목록 중에서 무작위로 선택한 곡은 우드 키드의 〈런 보이 런(Run Boy Run)〉이었다. 미켈레는 고개를 뒤로 젖히고 잠시 음악을 들었다. 새순이 돋기 시작한 나뭇가지들이 하늘에 어른거렸다. 햇빛을 가리기 위해 손을 들자, 햇살이 손가락 사이로 빠져나가 미켈레의 얼굴에 선을 그렸다.

Q : 숫자를 하나 선택하세요.

이건 쉬웠다. 미켈레는 4를 눌렀다. 자신의 등 번호이자, 국가대표 시절 아버지의 등 번호였다. 또, 미켈레가 한번에 뛰어오를 수 있는 계단의 칸 수이기도 했다. 미켈레는 네 칸을 한번에 오를 수 있는 근력을 굉장히 자랑스럽게 여겼다.

Q : 색을 한 가지 선택하세요.

화면에 수많은 색과 번호가 나타났다. 보병 팀의 유니폼 색인 파란색을 고를까 하다가 잠깐 망설여졌다. 내가 진짜로 좋아하는 색이 파란색이었나? 만약 다른 색을 선택하면 팀을 배신하는 일이 될까?

"색깔은 그냥 색깔일 뿐이야!"

잠시 망설인 끝에 에메랄드그린을 골랐다.

> Q : 머리? 아니면 십자가? (앞면은 사람의 옆모습, 뒷면은 십자가가 새겨
> 진 이탈리아의 옛 동전. 즉 '동전 던지기'를 의미한다. – 옮긴이)

아버지는 항상 뭘 하든 머리가 되는 게 중요하다고 말했다. 미켈레는 십자가를 선택했다.

> Q : 행복하신가요?

이 질문의 답은 두 가지뿐이라서 오래, 아주 오래 망설였다. 그사이 화면이 몇 번이나 꺼졌고, 하늘도 화면만큼 깜깜해졌다. 어느덧 집에 돌아가야 할 시각이었다. 미켈레는 일어서기 전에 답을 선택했다.

집 안으로 들어서는 순간, 피자 냄새가 훅 풍겼다. 부엌으로 들어가자 엄마가 커다란 피자 커터를 들고 환하게 웃고 있었다.

"예전처럼 직접 만들고 싶었는데……. 글쎄, 오븐이 고장 났더라고. 새 학교의 첫날은 어땠어?"

"좋았어요."

"뭐 했는데?"

미켈레는 식탁 아래에 가방을 던지듯이 내려놓고는 의자에 털썩 앉았다.

"아무것도요."

"그런데 좀 늦었네? 새로 사귄 친구들하고 놀다 왔니?"

엄마가 피자 상자를 열면서 자연스럽게 말을 이었다. 하지만 그 질문에서 왠지 모를 불길함이 느껴졌다. 미켈레는 말없이 고개를 끄덕였다. 그러고는 분위기를 바꾸려 피자 조각을 집으며 짐짓 요란하게 호들갑을 떨었다.

"버섯 피자네요. 제가 제일 좋아하는 건데!"

"복숭아 아이스티도 있어, 무설탕이고……."

엄마가 무설탕 음료에 대해 설명하는 동안, 피자를 입속으로 밀어 넣었다. 또 복숭아 맛보다는 레몬 맛이 좋았지만, 엄마 입에서 나올 말이 무서워서 조용히 마시기로 했다.

미켈레가 이렇게 지레 겁먹은 데는 다 이유가 있었다. 사실 그동안은 운동을 하는 것치고, 학교생활을 꽤 충실하게 해 왔다. 물론 성적은 뒤에서 벗어난 적이 없지만, 허락 없이 수업을 빠지는 일은 꿈도 꾸지 않았다. 그래서 오늘 일이 스스로도 마음에 자꾸 걸리던 참이었다.

"미켈레, 학교에서 전화 왔어."

순간, 온몸이 돌처럼 굳어졌다. 한입 베어 문 피자의 모차렐라 치즈가 스파이더맨이 쏜 거미줄에 버금갈 만큼 죽 늘어졌다.

"네가 오후 수업에 들어오지 않았다고 하던데?"

엄마는 피자에 손도 대지 않은 채 미켈레를 뚫어지게 바라보았다. 미켈레는 아무렇지 않은 척하며 어깨를 으쓱해 보였지만, 속으로는 죽고 싶은 심정이었다.

"반 친구들과 무슨 일 있었니?"

"별거 아니에요. 그냥……, 저를 하루 종일 쫓아다니는 아이가 있어요. 또, 분리수거에 병적으로 집착하는 아이도 있고. 그리고……."

미켈레는 부어오른 뺨을 손으로 슬쩍 만졌다. 분노와 씁쓸함이 뒤섞여 올라왔다.

"그리고?"

엄마가 대답을 재촉하며 미켈레의 손을 잡으려 했다.

"몰라요. 전부 다 짜증나요."

그 손을 슬쩍 피하며 자리에서 벌떡 일어났다. 무릎이 식탁에 부딪히며 쿵 소리가 났다. 미켈레는 아무 말 없이 나가 버리려다가 잠깐 멈춰 서서 덧붙였다.

"피자는 빼고요. 이건 짜증 안 나요."


피자가 놓인 접시를 들고 방으로 향했다. 이삿날의 경험을 통해 배고픔이 분노보다 더 요란하게 소리 낸다는 것을 알고 있었기 때문이다.

침대에 걸터앉은 뒤, 피자 접시를 허벅지 위에 대충 올려놓고 휴대폰을 들었다. 마티아한테서 온 메시지는 아직 없었다.

미켈레는 마티아의 인스타그램 계정으로 들어가서 가장 최근에 올라온 사진을 보았다. 사진 속에 보이는 지붕들이 매우 익숙했는데, 곰곰 생각해 보니 자신이 살던 집의 테라스에서 바라다보이는 풍경이었다. 예전에 찍은 사진을 올린 걸까? '#새 소식'이라는 해시태그가 괜스레 마음에 걸렸다.

어둑한 방 안보다 더 짙은 그림자가 문틈 사이로 어른거렸다. 미켈레의 신경은 엄마의 가벼운 발소리에 예민하게 반응했다. 일부러 두어 번 헛기침을 했다. 엄마에게 자신이 방 안에 제대로 있다는 것, 그리고 자신이 엄마가 밖에 있는 걸 눈치챘다고 알리기 위해서였다. 잠시 후, 그림자가 멀어졌다.

다시 휴대폰으로 눈을 돌렸다. 잠깐 고민하다가 노란색의 마이 셀프 아이콘을 클릭했다. 로딩이 끝나고 알록달록한 점들이 화면 위로 솟아올랐다. 앱에 등록된 사람들의 프로필을 보여 주는 작은 점들은 마치 상상의 지도 속 깃발 같았다. 개인 설정 창으로 들어가자, 앱에서 사용할 이름에 'leftloud4'라는 마구잡이 단어가 떴다. 프로필 사진을 설정하는 기능도 있었는데, 한 가지 조건이 붙어 있었다. 얼굴을 절대로 보이지 말 것.

미켈레는 주위를 두리번거리다가 침대 발치에 있는 농구공과 분홍색 벽 일부분이 보이도록 사진을 찍었다. 어쩌면 여자라고 착각하게 만들지도 모르니까.

그리고 난 뒤, 다시 메인 화면으로 돌아와 근처에 있는 사용자들의 프로필을 훑어보기 시작했다. 지도 위의 깃발을 손가락으로 문지르자 반짝반짝 빛이 났다. 그중 하나를 눌렀다. 그런데 정말 이상했다. 튤립을 찍은 누군가의 프로필 사진 아래에 이름이 적혀 있었다. 그것도 '테사 콜롬보'라는, 너무나도 익숙한 이름이 또렷하게.

눈에 보이는 이름을 읽고 또 읽었다. 앱을 닫았다가 다시 열어보기도 했다. 그래도 이름은 사라지지 않았다. 미켈레는 앱을 닫고 구글에 접속해서 마이 셀프에 대한 정보를 검색했다. 참신성, 불만 사항, 기술적 특징 등 쓸모없는 내용이 줄줄이 나와 있었지만, 이 앱의 가장 큰 특징인 '익명성'이 보장되지 않는다는 문제 제기나 오류는 전혀 찾을 수 없었다.

미켈레는 마티아와 대화를 주고받던 채팅창을 열었다.

> 야! 나, 마이 셀프 다운받았다?

잠시 후, 휴대폰이 부르르 울렸다. 예상보다 답장이 빨리 와서 화들짝 놀랐다.

> 하, 하, 하! 네가? 거짓말하지 마.

미켈레는 친구의 말투와 억양을 흉내 내며 메시지를 읽었다.
그러자 글자에서 마티아의 목소리가 들리는 것 같았다.

> 진짜 다운받았어? 날 이겨 보려고 뭐라도 캐내려는 거야?

둘의 대화는 변함이 없었다. 평소보다 좀 바빠서 예전처럼 바
로 답장을 하지 못한 것뿐이겠지. 미켈레는 그렇게 생각하기로
했다.

> 진짜라니까. 혹시 너도 받았어?

> 나도 받았어:) 서로의 프로필을 맞춰 보지 못하는 게 아쉽네.
> 5킬로미터 안에 있는 프로필만 보이는 것 같더라고.

> 그런데……, 혹시 너는 다른 유저들이 익명으로 보여?

> 당연하지. 왜? 원래 그런 앱이잖아.

마티아 말에 몸이 절로 움츠러들었다. 앱에 손을 대는 것만으

로도 범죄를 저지르는 듯한 기분이었다. 미켈레는 짧게 한숨을 내쉬고 남은 피자를 집어 들었다. 불안할 때마다 뭔가를 먹는 건 미켈레의 오랜 습관이었다. 그러지 않으면 해서는 안 되는 일이 하고 싶어지기 때문이었다.

하지만 최근 며칠은 너무 끔찍하고 정신이 없었던지라 약간 마음이 풀어진 상태였다. 좀 쉬어 가라는 하늘의 계시 같기도 하고. 미켈레는 잠깐 망설이다가 테사의 프로필을 꾹 눌렀다. 가장 최근에 올린 것은 학교 복도와 노란 쓰레기통을 찍은 사진이었다. 그 밑에 짧은 글도 덧붙어 있었다.

오늘 3학년 C반에 전학생 등장. 소름 끼치게 못된 아이, 하지만 소름 끼치게 매력적인 아이.

## 아버지 잘 둔 놈

하루의 식단은 정해져 있었다. 아침은 시리얼, 점심은 지치지도 않고 괴롭히는 루카, 저녁은 새 가게의 오픈을 앞두고 흥분한 엄마, 거기에 틈틈이 훔쳐보는 마이 셀프라는 양념이 더해졌다.

미켈레는 마이 셀프를 통해서 테사가 자신을 '소름 끼치게 매력적인 아이'라고 생각한다는 점 외에, 학교 아이들에 대한 몇 가지 정보를 더 얻게 되었다. 화장실 문에 시든 꽃을 그린 화가는 2학년 A반의 마르코 로세티라는 것, 하스 스톤 게임의 최강자는 겨우 1학년인 사라 코르비니라는 사실 같은 것들 말이다.

물론 다른 사람들의 비밀도 얼마든지 알 수 있었다. 하지만 모르는 사람의 비밀보다는 아는 아이들을 구경하는 게 훨씬 더 흥미로웠다. '익명'이라고 강조하는 이 앱의 알 수 없는 오류의 혜

택을 누리는 게 자신뿐이라는 사실은 더 이상 의심할 여지가 없었다. 그것이 최고의 즐거움인 것도 분명했다.

반면에 루카 폰초니의 치졸한 행태는 별로 즐겁지 않았다. 루카는 첫 교시가 끝나고 쉬는 시간이 되면 늘 균형을 잃은 척하면서 미켈레를 툭툭 건드렸다. 그때마다 잽싸게 몸을 움직여 피하기만 할 뿐, 별다른 반격은 하지 못했다.

"그딴 행동은 학원이라도 다니면서 배운 거냐?"

멀어져 가는 루카의 등 뒤에 대고 이렇게 소리를 지르면, 어김없이 뒤를 돌아보는 것은 그네를 타던 그 여자아이뿐이었다. 짧은 순간이긴 하지만 미안하다는 듯한 표정을 짓는 것도 잊지 않았다. '프란체스카 살바도리'. 그 아이는 이미 인스타그램에서 엄청나게 많은 일상을 공유하고 있기 때문에 마이 셀프에는 별다른 정보가 없었다.

등 언저리에서 살랑거리는 프란체스카의 새카만 머리칼을 보고 있을 때, 갑자기 바질이 튀어나와 시야를 가렸다.

"다음 시간은 체육관으로 가야 해. 체육복 가져왔지?"

고개를 끄덕였다. 이제는 주위를 맴맴 도는 바질한테 어느 정도 익숙해졌다. 게다가 전교생 대부분을 알고 있는 바질은 걸어 다니는 데이터베이스나 마찬가지여서 도움이 될 때가 은근히 많았다.

"대체 루카와 프란체스카는 왜 사귀는 거야? 프란체스카는 천

사고 저 녀석은 똥 멍청이인데."

"세상일이 다 그런 거야."

바질이 위대한 분석가라도 되는 양 턱을 치켜들며 말했다.

"미인을 차지하는 건 결국 재력이잖아. 루카가 부자거든."

"부자라고?"

미켈레는 체육복이 든 가방을 어깨에 메고 체육관 쪽으로 갔다. 바질이 그 뒤를 쫓아오면서 종알댔다.

"걔 아버지가 독일에 있는 다국적 대기업에 다니신다더라."

"그런데 그 많은 돈을 꼴 보기 싫은 노란 점퍼를 사는 데 다 쓰고 있구나."

둘이서 낄낄거리다 보니 어느새 탈의실 앞이었다. 두 사람은 눈을 마주치고 입을 다물었다. 탈의실 안에서는 가급적 입을 벌리지 않는 편이 좋았다. 그 안에 있는 아이들은 대부분 루카의 추종자였고, 하나같이 그 애에게 잘 보이려고 애를 썼기 때문이다. 좋아할 만한 노래를 들려주기도 하고, 더 대담하게는 비키니 차림의 모델 사진을 가져와 슬쩍 내밀기도 했다.

"도련님과 시종이 등장하셨네."

두 사람이 들어가자 아이들에 둘러싸여 있던 루카가 빙글빙글 웃으며 말을 건넸다. 미켈레는 그 말을 무시한 채 곧장 캐비닛 앞으로 갔다. 잠시 멈칫하던 바질도 금방 미켈레를 쫓아왔다.

"왜 그렇게 일일이 반응해? 그저께도 들은 말인데. 네가 가져

온 대추야자 열매 과자를 비웃었을 때 말이야."

바질의 두 귀가 순식간에 발갛게 달아올랐다.

"그야……, 무시하면 더 나빠지니까. 언젠가는 누군가가 저 입을 다물게 할지도 모르지만, 그게 나일 리는 없을 거야. 그때까지는 저 애의 관심을 끌고 싶지 않아."

일명 '죽은 척하기'. 작은 동물들의 대표적인 생존 전략인 셈이다. 하지만 미켈레는 큰 동물의 먹잇감이 되어 전전긍긍하고 싶은 생각은 눈곱만치도 없었다. 문득 가방 위에 올려 둔 휴대폰이 눈에 들어왔다. 왜 진작 그 생각을 하지 못했을까?

"너 먼저 가. 난 정리할 게 남아서."

바질의 까만 눈이 호기심으로 반짝거렸지만 더 이상 질문을 하지는 않았다. 다른 아이들을 따라 탈의실 문 너머로 이내 사라졌다.

루카의 약점을 찾는 건 식은 죽 먹기였다. 휴대폰을 훔치거나, 비밀번호를 엿듣는 위험을 감수할 필요도 없었다. 앱, 일정 범위 이내의 거리, 그리고 손가락만 있으면 끝이었다. 미켈레에게 마이 셀프는 아주 단순한 장난감보다 더 가지고 놀기가 쉬웠다.


이 세상은 N극과 S극 사이를 빗장으로 갈라놓은 나침반이다. 그러니 지구에서 북극을 찾으려면 부패해야 해. 밤이 오면 고개를 들고 결코 도달하지 못할 곳의 별을 바라봐.

이게 대체 무슨 말이지? 루카의 글을 다시 읽었다. 하지만 몇 번을 읽어도 혼란스럽기는 마찬가지였다. 미켈레는 다른 정보를 얻기 위해 아래로 화면을 내렸다. 다행히도 조금 더 노골적인 감정을 담은 글이 나타났다.

꿈만으로는 내 지갑이 두둑해지지 않아.

문 너머에서 아이들이 떠드는 소리가 커졌다. 여자아이들까지 탈의실에서 나온 것 같았다. 수업 시작까지 얼마 남지 않았다. 급히 스크롤을 내리던 미켈레의 눈이 어떤 사진에서 멈췄다. 둘이 처음 만난 날, 울타리에 부딪혔던 턱을 찍은 사진이었다.

아버지 잘 둔 놈을 쫓아 버리기 위한 전투에서 얻은 상처들.

'아버지 잘 둔 놈'이란 나를 말하는 건가? 미켈레는 이마를 찌푸리며 게시물을 계속 살폈다. 그런데 이상했다. 보면 볼수록 루카가 돈에 집착하는 것처럼 느껴졌다. 어떻게든 돈을 갖고 싶지만 그럴 수 없는 사람처럼. 그 생각에 쐐기가 박힌 것은 마지막으로 본 글 때문이었다.

우리 아버지가 돈이 많았다면 지금 이딴 곳에 있지 않을 텐데. 내 인생이 구역질나는 건 순전히 아버지의 빌어먹을 연금 때문이다.

미켈레는 휴대폰을 가방에 던져두고 물병을 챙겨 체육관으로 갔다. 방금 읽은 내용으로 자신이 짐작한 것이 맞는지는 아직 확신할 수 없었다.

"플라스틱 물병이네?"

어디선가 불쑥 나타난 테사가 미켈레가 들고 있는 물병을 바라보며 심각한 얼굴로 고개를 절레절레 저었다. 미켈레는 그런 테사를 말없이 바라보았다.

"음, 텀블러를 들고 다니는 건 어때? 더 위생적이고 보관도 편할 텐데. 너는……."

또 잔소리. 순간, 열이 확 뻗쳐올랐다.

"소름 끼치게 못됐다고?"

미켈레가 테사의 말을 가로채며 쏘아붙였다. 그 말에 테사가 마치 날카로운 것에 찔린 양 뒤로 움칠 물러섰다. 그러고는 네가 그 말을 어떻게 알고 있냐는 듯 넋이 나간 표정으로 미켈레를 뚫어지게 바라보았다.

미켈레는 그 모습을 보고 작게 코웃음을 쳤다. 그러고는 보란 듯이 병뚜껑을 열어 물을 벌컥벌컥 마시며 자리를 떴다. 사실 텀블러를 늘 가지고 다녔다. 오늘은 어쩌다 보니 잊은 건데, 결과적으로는 꽤 재미있는 상황이 되었다. 테사가 자신의 말에 반박

하지 못한 것은 처음이었고, 당황해서 어쩔 줄 모르는 그 얼굴은 돈 주고도 못 볼 만큼 귀한 장면이었으니까.

미켈레는 아무렇지 않게 친구들의 뒤를 따라 달리며 준비 운동을 했다. 언제나처럼 옆에 붙어서 달리던 바질이 고개를 갸웃거리며 물었다.

"테사는 왜 저런 표정으로 널 보고 있는 거야?"

"플라스틱 물병 때문인 것 같은데?"

마이 셀프 이야기는 꺼내지 않았다. 모두의 비밀을 훔쳐볼 수 있다는 자신만의 비밀을 스스로 털어놓을 생각은 없었다. 바질이 고개를 끄덕였다.

"아아, 쟤는 본인이 재활용에 강박이 있다는 걸 좀 깨닫긴 해야 해. 선생님들을 설득해서 교실에 분리수거함을 갖다 놓게 한 것도 테사거든."

그러고는 혀를 차며 덧붙였다.

"지난번에 로베르토가 창문 밖으로 알루미늄 포일을 뭉쳐서 던진 적이 있는데, 어찌나 불같이 화를 냈는지 몰라. 그걸 네가 봤어야 하는데……."

그 말을 끝으로 두 사람은 입을 다물고 조용히 다른 아이들처럼 스트레칭을 했다. 스트레칭을 마치자, 선생님이 옆구리에 오렌지색 농구공을 끼고 나타났다.

"오늘은 농구 시합을 할 거다. 폰초니, 네가 한 팀을 맡아라. 그리고……."

선생님이 나머지 학생들을 하나씩 둘러보다가 미켈레에게서 시선을 멈췄다.

"타데이! 네가 다른 팀 주장이다."

팀원을 선발하는 일은 예상보다 어려웠다. 남자아이들은 거의 루카 쪽으로 붙어서 남은 건 바질과 여자아이들뿐이었다.

"뭐, 잘됐어."

미켈레가 아버지처럼 손뼉을 짝 치며 힘차게 말했다.

"농구는 전략적인 운동인데 남자애들은 거칠고 무식하거든."

"아, 그래? 너는 여자애들이 전부 차분하고 기술적일 거라고 생각하나 봐?"

테사가 양 옆구리에 손을 턱 올리며 말했다. 한껏 위로 올라간 팔꿈치로 보아, 자신이 얼마나 짜증났는지를 알려 주고 싶은 눈치였다.

"난 그저 너희를 격려하려던 것뿐이야."

미켈레는 짧게 대답하며 경기장 안으로 들어섰다.

"너……, 뭐 숨기는 거 있지, 미켈레?"

"눈치챘어? 사실은 나, 농구 잘 못해."

미켈레는 테사에게 능청스럽게 윙크를 하고는 코트 안을 휘둘러보았다. 슛 라인은 거의 다 지워진 데다 그물망은 반쯤 찢어져 축 늘어져 있었다. 심지어 득점판에도 기다랗게 금이 가 있었다.

그동안 줄곧 보아 왔던 경기장의 풍경이 아니었다.

이윽고 경기가 시작되었다. 바질에게 먼저 공이 갔지만, 루카에게 곧장 빼앗기고 말았다. 미켈레는 루카의 농구 실력이 썩 괜찮다는 걸 인정할 수밖에 없었다. 패스가 꽤 정확한 데다, 공을 빼앗겨도 집중력을 잃지 않았다. 게다가 주장으로서의 리더십도 있어서 팀원들을 일사불란하게 움직이도록 만들었다.

반면, 미켈레네 팀은 의사소통이 전혀 되지 않았다. 테사가 코트 밖으로 나간 공을 사인도 없이 패스하는 바람에 미켈레는 양손으로 공을 받아 머뭇거리다가 시간을 놓쳐 버리고 말았다.

미켈레는 제자리에 서서 한숨을 짧게 내쉬고 집중하려 애를 썼다. 코트를 오가는 아이들이 움직일 수 있는 범위와 방향, 그리고 그 사이로 자신이 움직여야 할 방향의 포물선을 그려 보았다. 서로의 포물선이 마치 실이 뒤엉키듯 색색으로 얽혀 들었다.

그중 하나를 골라 곧장 드리블을 하며 상대방의 골대를 향해 나아갔다. 골라인 안쪽에 들어서자마자 골 망을 향해 슛을 했고, 다행히 공은 안정감 있게 링 안으로 빨려 들어갔다.

득점을 알리는 선생님의 호루라기 소리가 울려 퍼졌다. 경기가 시작되고 터진 첫 골은 체육 시간마다 땡땡이를 치거나 꾀병을 부리는 아이들이 만들어 낸 것이었다. 미켈레는 지금 이 순간에 테사가 감동받고 있는지, 아니면 아직 자신을 의심하고 있는지 슬쩍 확인했다. 그야말로 감동받고 있는 게 틀림없었다.

미켈레는 코트 한가운데로 돌아가 다시 경기를 진행하려고 했다. 하지만 근처에 있던 루카가 슬쩍 발을 걸어 가로막았다. 미켈레가 넘어질 듯 비틀거리자 주변 아이들이 웃음을 터뜨렸다.

물론 시합을 하다 보면 상대 선수와 몸싸움이 일어날 때가 있다. 하지만 지금과 같은 행동은 최악이었다. 아버지는 늘 수준 낮은 도발에 걸려들어 상대와 같은 수준으로 떨어지지 말라고 경고했지만, 이번만큼은 달려들지 않고는 참을 수가 없었다.

"네 문제가 뭔지 알겠어."

미켈레가 분에 가득 찬 목소리로 루카에게 소리쳤다. 이곳에는 마티아처럼 미켈레를 말려 줄 사람이 없었다.

"나? 내가 왜? 내가 뭘 어쨌는데?"

루카가 아무것도 모르겠다는 듯 순진하게 되물었다. 그러고는 과장되게 주위를 두리번거렸다.

"너, 정말 불쌍하다. 네가 하고 있는 연극도 마찬가지고."

선생님이 두 사람을 떼어 놓으려고 다가왔지만, 미켈레는 잽싸게 루카 쪽으로 몸을 붙였다. 그리고 나직이 속삭였다.

"'꿈만으로는 내 지갑이 두둑해지지 않아.'라고? 다들 속고 있어. 너희 아버지는 모두가 아는 것처럼 부자가 아니잖아."

루카의 얼굴이 순식간에 창백해졌다. 미켈레는 그 얼굴을 무시하며 주변에 있는 다른 아이들을 향해 목소리를 높였다.

"너희들, 얘 발바닥 핥는 짓 이제 그만해. 그런다고 요트 파티

같은 데 초대받을 일은 없을 테니까."

"그게 무슨 소리야?"

앞니 사이가 크게 벌어진 남자애가 끼어들었다. 미켈레가 쐐기를 박았다.

"루카 아버지가 너희의 짐작과는 다른 사람이라는 뜻이야. 부자라면 이렇게 허물어져 가는 학교에 아들을 보냈겠어? 구형 휴대폰에 가짜 롤렉스는 말할 것도 없지."

그때 선생님이 호루라기를 불며 웅성거리는 아이들을 흩어 놓았다.

"이제 그만! 수업 끝났다. 모두 탈의실로 가라."

## 왕자인 척하는 알라딘

흐린 날이 이어지는 시기가 있다. 요즘이 바로 그런 때이다. 오늘도 여느 때처럼 하늘에 잿빛 구름이 가득했다. 미켈레는 창밖의 우울한 풍경을 보며 어깨를 으쓱한 뒤 부엌으로 갔다. 식탁 위에 유기농 시리얼이 놓여 있었다. 거칠고 딱딱하지만 우유에 잠시 불려 두면 그럭저럭 먹을 만해졌다.

하지만 학교생활은 시리얼만큼 쉽게 부드러워지지 않았다. 아침부터 곳곳에서 미켈레를 향한 시선이 따갑게 느껴졌다. 어제 미켈레와 루카가 체육관에서 주먹다짐 직전까지 갔다는 소문이 퍼진 탓이었다. 선생님이 제때 심상치 않은 분위기를 눈치채지 못했다면, 아마도 학교에 전설로 남을 만한 싸움이 벌어졌을지도 모른다.

체육 수업이 끝난 후, 탈의실은 얼음장 같은 분위기였다. 그 누구도 입을 열지 않았고, 급한 약속이라도 있는 듯 앞다투어 탈의실을 빠져나갔다. 심지어 바질마저도 짧게 인사만 건넨 뒤 잽싸게 사라질 정도였다.

미켈레는 복도를 오가는 지각생들 틈에서 바질을 찾고 있는 스스로에게 조금 놀랐다. 딱히 약속을 한 건 아니었지만, 바질은 미켈레가 전학 온 다음 날부터 층계참에서 미켈레를 기다리곤 했다. 그러면 미켈레는 잠깐 딴청을 부린 뒤 슬그머니 웃으며 다가갔다.

지치지 않고 떠드는 바질의 목소리를 들으면, 다른 복잡한 일들이 생각나지 않았다. 시간도 두 배나 빨리 흘렀다.

'오늘은 어디가 아픈가 보다.'

바질이 보이지 않는 이유는 그것밖에 떠오르지 않았다. 그런데 교실로 들어가자 바질이 자리에 앉아 있었다. 아픈 게 아니었다. 미켈레는 곧장 바질에게 다가가려고 했다. 그런데 그동안은 말을 걸지도 않았던 아이 셋이 나타나서 앞을 가로막았다.

"이봐, 미켈레! 오늘 기분 어때?"

먼저 말을 건넨 것은 마포였다. 타투는 가장 잘 보이도록 목에 새겨야 한다고 떠들고 다니는 아이였다.

"멍은?"

뒤이어 그 옆에 있던 로브가 턱에 난 털을 매만지며 고갯짓을 했다. 그 애는 딱 두 가닥뿐인 그 털을 수염이라고 우겼다.

"오늘도 멋지네, 미켈레."

마지막으로 루소까지 끼어들었다.

"아, 멍은 괜찮아. 고마워……."

미켈레가 세 사람이 내민 주먹에 자신의 주먹을 가볍게 갖다 대며 대답했다.

"그래? 다행이네. 본판테 선생님의 수업에 빠질 핑곗거리가 없어진 건 아쉽겠지만 말이야."

세 아이가 웃음을 터뜨렸다. 하지만 미켈레는 방금의 농담이 그다지 유쾌하지 않았다. 과학 담당인 본판테 선생님은 훌륭한 교사이고, 수업에 빠질 생각은 꿈에도 없었기 때문이다.

그러나 그와는 별개로, 미켈레는 그동안 자신이 타인의 관심을 얼마나 그리워했는지 깨닫게 되었다. 모든 아이의 시선이 자신을 향했을 때, 특히 아이들이 삼각형의 꼭짓점에 자신을 놓아두고 있다는 것을 알아챘을 때의 그 기분을 말이다.

점심시간을 알리는 종이 울리자, 마포 무리를 비롯한 아이들 몇이 미켈레에게 운동장으로 나가자고 청했다. 그 모습을 보고 테사가 의미심장한 눈길을 던졌다. 가뜩이나 끌려가는 기분이 좋지 않은데, 테사의 눈빛마저 괜스레 신경이 쓰였다.

"그래서 람베르티는 어때? 정말로 교과서 대신 태블릿을 써?"

운동장에 둘러앉은 무리 중, 마포가 고개를 삐딱하게 기울이며 물었다.

"어떤 수업은. 람베르티도 여기랑 다를 것 없어. 아, 화장실에 휴지가 있는 건 빼고."

미켈레는 아이들이 놀라길 바라며 뒷말을 덧붙였다. 뒤이어 다른 아이들도 질문하는 동안, 미켈레의 눈에 멀찌감치 앉아 있는 누군가가 들어왔다.

루카였다. 늘 추종자들에게 둘러싸여 있었는데, 그날은 콘크리트 블록 위에 혼자 있었다. 커다란 헤드셋을 끼고 상의 지퍼를 신경질적으로 만지작거리던 루카의 시선이 미켈레와 딱 마주쳤다. 두 사람은 금세 반대 방향으로 고개를 돌렸다.

"더 질문할 거 없지?"

미켈레가 아이들을 둘러보며 물었다. 이제 남은 시간이 오 분 남짓뿐인데도, 이 아이들과는 무슨 이야기를 더 나눠야 할지 막막했다.

"난 화장실 좀 들렀다가 갈게."

어쭙잖은 핑계를 대고 아이들에게서 벗어났다. 미켈레는 중앙 현관으로 들어섰다. 그러자 구석자리에 서 있는 프란체스카 무리가 보였다. 쉴 새 없이 재잘거리던 아이들이 미켈레를 보자, 갑자기 입을 꾹 다물고 싸늘한 눈길을 던졌다. 마치 미켈레와 루카 사이에 있었던 일을 질책하는 것처럼.

그 사이에서 프란체스카는 아무 말도 하지 않았다. 그저 자기 손만 내려다보며 가만히 있었다. 미켈레는 그 모습에 도리어 찝찝함을 느꼈다. 그래서 교실로 가려던 몸을 돌려 씩씩거리며 비상계단으로 향했다.

"비상벨이 울린다더니 아니네."

철컹 소리와 함께 닫히는 문을 보며 혼잣말로 중얼거렸다. 비상계단은 벽을 따라 각 층과 연결되어 있었는데, 바로 아래에 교사용 주차장이 있어서 들키지 않으려면 조심해야 했다.

계단에 앉아 인스타그램을 열었다. 가장 먼저 이시도라의 계정으로 들어갔다. 이시도라의 어머니는 디자이너였는데, 덕분에 집 안에서도 미술관에서 찍은 사진처럼 분위기를 낼 수 있었다. 이번에 올라온 사진 역시 새하얀 벽 때문인지 그 앞에 선 이시도라가 한껏 돋보였다.

인스타그램 속 이시도라의 모습에 배가 뒤틀리는 것 같은 기분이 느껴졌다. 미켈레가 없는 지금도 이시도라는 예전과 똑같이 환하게 웃고 있었다. 무지 행복해 보였다. 미켈레의 얼굴에 쓴웃음이 번졌다.

스크롤바를 아래로 내렸다. 예전에 올린 사진에는 미켈레도 종종 등장했다. 그중 람베르티 중학교에 마지막으로 등교했던 날의 사진을 보자 그 순간이 머릿속에 생생하게 떠올랐다. 이시도라는 미켈레를 아주 오랫동안 끌어안고 눈물을 흘렸다.

미켈레가 이시도라를 좋아한다는 사실을 모르는 사람은 없었다. 그리고 마티아도……. 다만 이시도라가 둘 중 한 사람을 선택하지 못했을 뿐이었다.

"거기, 비상계단에 누구니?"

그때 안경을 쓴 선생님이 주차장에서 위를 올려다보며 외쳤다. 미켈레는 서둘러 휴대폰을 주머니에 넣고, 계단을 네 칸씩 뛰어올라 급히 교실로 돌아갔다.

누군가 미켈레에게 농구 말고 다른 운동을 해 보는 게 어떠냐고 권했다면 아마 들은 척도 하지 않았을 것이다. 그래서 사실은 자신이 왜 '쌍룡 도장'이라고 쓰여 있는 붉은색 간판 앞에 서 있게 되었는지 여전히 얼떨떨했다. 미켈레는 심호흡을 한 뒤 도장 문을 열었다. 문에 달린 종이 딸랑거렸다.

실내는 꼭 버려진 공장 같았다. 회색 벽돌로 쌓아 올린 벽은 칙칙했고, 높은 천장은 오래되어 칠이 다 벗겨졌다. 고무 매트가 깔린 바닥만 최근에 수리했는지 비교적 깨끗했다.

입구에 놓인 벤치에는 아무렇게나 벗어 놓은 상의와 가방이 수북하게 쌓여 있었다. 아이들은 한쪽 면 전체가 거울인 벽을 마주 보고 삼삼오오 모여 있었다. 그 무리 속에서 바질이 금색의 단발머리 여자아이와 이야기를 나누고 있는 모습이 보였다.

미켈레는 가방을 대충 내려놓고 바질에게 다가갔다.

"안녕?"

"어……, 안녕. 여긴 웬일이야?"

바질의 목소리가 약간 딱딱했다.

"네가 왜 나를 피하는지 알아낼 유일한 방법인 것 같아서."

사실 여기까지 오기 전에, 혹시 바질이 마이 셀프 앱에 뭔가를 올리지 않았을까 싶어서 검색을 해 보았다. 하지만 아무리 찾아도 바질의 프로필은 보이지 않았다.

"그리고 제일 좋아하는 영화가 〈베스트 키드〉(1984년부터 총 6편의 시리즈가 제작되었고, 그중 2010년에 개봉한 리메이크작에 성룡이 출연했다.─옮긴이)거든. 혹시 관장님이 성룡 닮았어?"

"그건 잘 모르겠고, 여기선 쿵후를 배워."

금발 머리가 끼어들었다.

"영화에서 성룡이 가르치는 게 바로 그거야. 너희들, 그 영화 안 봤구나? '재킷 벗어! 걸어! 내려! 입어! 벗어! 걸어! 입어!' 이거 몰라?"

미켈레가 기대에 찬 눈으로 바라보자, 바질이 당황한 얼굴로 대답했다.

"그게 쿵후 훈련이라고? 그래서 그렇게 입고 온 거야?"

그 말에 미켈레는 자신이 입은 옷을 내려다보았다. 검은 바지에 검은 티셔츠를 맞춰 입은 다른 아이들에 비해, 주황색 트레이닝복과 NBA 로고가 커다랗게 박힌 셔츠를 걸친 미켈레의 모습은 확실히 튀었다. 마치 뒷골목의 건달 같은 느낌이었다.

그때 갑자기 아이들이 부산스럽게 움직이며 한 줄로 정렬하기 시작했다. 미켈레도 얼결에 바질을 따라갔다. 하지만 바질이 미켈레를 막아서며 도장의 오른쪽 끝을 가리켰다.

"급수에 따라 서야 해."

왼쪽에서 동글동글한 얼굴에 머리칼이 짧은 자그마한 남자가 나타났다. 이 도장의 관장님인 것 같은데, 그 역시 검은색 옷을 입고 있었다.

"반갑다."

관장님이 왼쪽 손바닥에 오른쪽 주먹을 맞대고 허리를 숙이는 아이들과 똑같은 자세를 취하며 인사했다.

"오늘은 새 수련생이 온 것 같은데?"

"안녕하세요? 저는 미켈레입니다. 바질의 친구예요."

관장님은 작게 고개를 끄덕이고 준비 운동을 시작했다. 오랜만의 운동에 살짝 긴장해서 그런지 약간 삐걱대긴 했지만 그런대로 잘 따라갔다. 준비 운동 과정 자체는 농구 훈련과 비슷했다.

"아주 잘했다. 이제 지난 시간에 배운 자세를 복습해 보자."

미켈레는 앞에 있는 남자아이의 동작을 따라 하려 애썼다. 숨을 내쉬면서 오른발로 바닥을 쭉 밀어내고 무릎을 구부리되, 눈에 보이지 않는 끈으로 당겨지는 것처럼 등을 꼿꼿이 세우는 데 집중했다.

"양발을 더 벌려야 해."

관장님이 미켈레에게 다가와 발끝으로 미켈레의 발을 톡톡 건드렸다.

"팔은 이 정도면 되나요?"

미켈레가 다른 수련생들의 옆구리를 향해 주먹을 쭉 뻗으며 물었다.

"그래, 이제 그 자세를 유지하도록 해. 엄지손가락은 펴고."

"이렇게 아무것도 하지 않고 그냥 있으라고요?"

"멈추어 있는 것과 아무것도 하지 않는 것은 엄연히 다르다."

꽤나 고수의 기운이 느껴지는 중국 노인과 같은 말투였다. 안타깝게도 관장님은 로마 억양이 엄청 심한 전형적인 이탈리아인일 뿐이었지만.

"좋아요. 하지만 이 동작은 완벽한 것 같은데, 다음 동작으로 넘어가면 안 될까요?"

"아직 아니야. 너는 뿌리를 내려야 해. 뿌리가 약한 나무는 쉽게 부러지기 마련이지."

짜증이 울컥 올라왔지만, 애써 평정심을 유지하며 가만히 있으려고 노력했다. 하지만 이내 집중력이 흩어지며 자세가 틀어지고 말았다. 관장님이 그 틈을 놓치지 않고 한쪽 발로 미켈레의 발목을 툭 쳤다. 방심한 미켈레가 순식간에 균형을 잃고 넘어지자, 주변에 있던 아이들이 킥킥 웃음을 터뜨렸다.

"넘어지는 것도 제대로 못하는구나."

관장님이 혀를 차며 미켈레에게 손을 내밀었다. 하지만 미켈레는 자존심이 상해서 그 손을 무시한 채 혼자서 벌떡 일어났다.

자신과 다르게 자세가 흐트러지지 않은 바질을 보니 속에서 열이 더 번져 올랐다. 미켈레는 온몸의 피가 몰린 듯 뜨겁고 먹먹한 귓불을 문지르며 가방을 놓아둔 의자로 갔다.

"아주 즐거운 수업이었습니다, 사부님."

"가기 전에 제대로 인사를……."

종이 떨어질 정도로 쾅 닫은 도장의 문 뒤로 관장님의 목소리가 사라졌다.


밖으로 나오자 해가 이미 져서 가로등이 켜져 있었다. 공기가 서늘했다. 미켈레는 목적지도 없이 앞으로 성큼성큼 걸어 나갔다. 그렇게 그레코 피렐리역으로 이어진 지하도를 통과해, 네모지고 큰 건물과 완벽하게 정돈된 도로가 있는 비코카 지역으로 빠져나왔다. 그 후로도 눈앞에 보이는 기찻길을 따라 한참을 걷다 보니 잡초가 무성한 언덕으로 이어졌다.

나무가 늘어선 작은 오솔길 끝에 공터가 있었다. 꽤 높은 곳이라서 시내가 훤히 내려다보였다. 길게 늘어선 고층 빌딩이 내뿜는 빛을 보고 있으니, 집에서 멀어지고 싶던 꿈을 이룬 기분이 들었다. 양쪽 집 둘 다로부터.

벤치에 앉아 휴대폰을 꺼내려고 가방을 뒤적일 때였다.

"미켈레!"

뒤를 돌아보니 바질이 숨을 헐떡이며 서 있었다.

"어휴, 너……, 정말 빠르다. 다리가 길어서 그런가?"

"날 쫓아온 거야?"

"당연하지. 관장님 허락도 받았어. 아, 물론 나오기 전에 제대로 인사도 했고. 영화에는 안 나왔나 본데, 그건 쿵후에서 아주 중요한 예의야."

바질의 말에 미켈레가 어깨를 으쓱하며 발목을 가리켰다.

"예의라……, 그렇게 예의를 중요하게 생각하는 사람이 내 발목을 걸어차 았다고?"

"어, 그게…… 관장님은 주관이 확실한 분이야. 인내가 제일이라고 생각하시거든……."

바질이 미켈레 옆으로 다가오며 덧붙였다.

"아무튼 네가 온 건 기뻤어. 체육 시간에 있었던 일이 아직 마음에 걸리긴 하지만……. 루카 얼굴이 자꾸 생각나서."

"그래서 날 모른 척했던 거야? 너는 걔가 나를 얼마나 괴롭혔는지 그새 잊었나 봐."

"아니야, 다 기억해. 기억하고말고."

바질이 변명하듯 서둘러 대답했다.

"그렇지만 네 방식은 비겁했어. 어떤 비밀은 고통을 주잖아.

아무리 루카 폰초니라 해도 개인의 비밀을 그런 식으로 까발리는 건 옳지 않아. 그런데 그건 대체 어떻게 안 거야?"

"별거 아냐. 그냥 짐작이 맞은 거지."

미켈레가 어깨를 으쓱했다.

"사실 내가 부모 잘 둔 애들을 몇몇 알거든. 그런데 루카는 좀 달랐고, 그게 밝혀지면 안 되는 비밀이었던 거지. 왕자인 척하는 알라딘처럼 말이야."

바질의 웃음을 보며 미켈레는 이해받았다고 확신했다. 그래서 올 때보다는 한결 가벼워진 마음으로 자리에서 일어났다.

"가자. 의자가 너무 차가워서 엉덩이가 얼어붙을 것 같아."

미켈레와 바질은 올라온 곳의 반대쪽 계단으로 향했다. 어느새 대학생들이 모여들어 사방이 꽤 떠들썩했다. 두 사람은 좁고 가파른 계단을 따라 내려갔다.

"쿵후는 왜 배우는 거야?"

미켈레가 어색한 침묵을 깨려고 물었다. 그 말에 바질이 검은색 도복의 옷깃 속으로 턱을 움츠려 넣으며 킥킥 웃었다.

"나는 엄마가 두 명이야. 여동생이랑 방을 같이 쓰고. 왜인지 알겠지?"

바질은 어느새 총알처럼 빠르게 말하는 평상시의 모습으로 돌아와 있었다. 미켈레가 슬쩍 웃었다.

"쿵후만 하는 게 아니야. 일주일에 두 번 탈출하는 걸로는 부족하거든."

"그러면?"

"어, 그러니까…… '포이트리 슬램'이라는 것도 해."

"포이트리……, 뭐?"

"글을 쓰는 거야. 정확히 말하면 시를 써. 그리고 그걸 노래처럼 낭송하는 거지."

시라고? 의외의 대답에 살짝 당황해서 표정이 구겨졌다. 다행히도 바질은 무지개가 그려진 계단을 쳐다보느라 황당해하는 미켈레의 얼굴을 보지 못한 것 같았다.

"아, 그러니까 다 같이 모여서 노래를 하는 거야? 합창처럼?"

"단순한 노래가 아니야. 자기 느낌을 표현하는 거지. 마음속에 있는 것들을 밖으로 끌어내서 던지는 거야."

바질은 고개를 저으며 씩 웃었다. 하지만 금세 어색해졌는지 헛기침을 하며 말을 돌렸다.

"조금 늦게 가도 되지? 가자. 여기만큼 알록달록한 곳을 소개해 줄게."

두 아이는 차들로 꽉 막힌 사르카 거리를 건너갔다. 길을 건너자마자 보인 것은 새로 만든 듯 반짝이는 농구장이었는데, 알록달록하다는 설명에 걸맞게 골대에서 바닥까지 전부 다른 색이 칠해져 있었다. 골대 중 하나는 이미 어느 무리가 차지한 채 3 대 3으로 경기를 펼치는 중이었다.

"여길 왜 이제야 알려 준 거야?"

갑자기 속에서 뭔가가 울컥하고 올라왔다. 미켈레는 벤치에 가방을 두고 경기장을 휘둘러보았다.

"너, 오늘 운 좋은 줄 알아. 농구계의 대사부님이 한 수 가르쳐 줄 테니까."

미켈레는 항상 가지고 다니는 농구공을 꺼냈다. 손가락 끝으로 공 표면의 오톨도톨한 돌기가 느껴졌다. 공을 만질 때의 이 느낌, 마음껏 공을 던질 장소가 얼마나 그리웠던지!

"너에게 노래가 그런 것처럼, 나에게는 농구가 마음을 끌어내서 던지는 수단이야. 잘 배워 둬."

그 말에 바질이 이가 다 보이도록 환하게 웃으며 쿵후식 인사를 건넸다. 오른쪽 주먹을 왼쪽 손바닥에 갖다 대는 자세가 꽤 그럴싸했다.

"내가 이기면 네 대추야자 과자는 다 내 거다?"

"좋아. 그치만 내가 이기면 국물도 없을 줄 알아."

바질의 대답에 미켈레가 웃음을 터뜨리며 공을 던졌다. 둘은 비어 있는 골대로 달려갔다.

하지만 바질은 체육 시간에 이미 증명했듯, 농구에 영 소질이 없었다. 드리블하는 공은 발등을 찍기 일쑤였고, 어쩌다 던진 농구공은 골망 근처에도 가지 못했다. 미켈레는 공을 천천히 튀기며 주변을 괜히 서성이거나 실수인 척 공을 놓쳐 가로챌 기회를 주기도 했지만 일부러 져 주지는 않았다.

"후유, 힘들다."

바질이 숨을 헐떡이며 축 늘어졌다.

"100 대 3으로 졌다 해도 창피하지 않을 거야."

"이게 바로 〈베스트 키드〉를 본 사람과 안 본 사람의 차이지."

미켈레가 씩 웃으며 바질이 한 것처럼 쿵후식 인사를 건넸다.

## 익명의 비밀

"호박, 이 상자들 좀 옮겨 줄래?"

엄마가 욕실 안에 있는 미켈레를 향해 외쳤다. 하루의 시작이 정말 최악이었다. 알람이 울리고부터 한시도 가만두지 않는 엄마 때문이었다.

"나가는 길에 아래에 내려다 놓기만 하면 돼."

미켈레는 하품을 하며 고개를 끄덕였다.

"식탁 위에 우유하고 시리얼 있어. 먹고 나서 그릇은 식기 세척기에 좀 넣어 두고. 부탁할게."

"아, 드디어 식기 세척기를 쓰시기로 했어요?"

예전에 미켈레와 아버지는 식기 세척기를 쓰자고 몇 년이나 엄마를 졸랐다. 하지만 엄마는 꿈쩍도 하지 않았다.

"식기 세척기가 물을 덜 쓴다는 걸 이제야 알았거든."

엄마가 바구니를 옆구리에 끼고 현관을 나서며 상냥하게 대답했다.

"그렇죠? 제가 식기 세척기를 쓰자고 한 건 게을러서가 아니라 환경을 생각해서라고요!"

미켈레는 엄마 등에 대고 소리친 뒤, 바닥에 널브러진 상자를 요리조리 지나쳐 부엌으로 갔다. 부엌에 걸린 달력에는 이번 주 일요일에 커다란 빨간색 동그라미가 쳐져 있었다. 한숨이 폭 나왔다. 오늘이 수요일이니 엄마 가게 개업일이 딱 4일 앞으로 다가온 셈이었다.

미켈레도 나름 열심히 엄마를 응원했다. 정확히 말하면 가게 로고가 꽃보다는 고래 지느러미 같다며 놀리거나, 병에 담긴 유기농 올리브를 몰래 훔쳐 먹거나 하는 식이었지만. 그래도 엄마가 부탁한 상자를 내려다 놓겠다는 약속은 지켜 주었다.

자전거에 올라탄 뒤 고개를 숙인 채 페달을 밟았다. 4월의 날씨는 몹시 변덕스러웠다. 학교에서는 늘 뚫어질 듯 노려보면서, 마이 셀프에서는 매력적이라고 평하는 테사보다도 훨씬 더.

그리고 꽃가루의 계절이기도 했다. 공원 옆에 산다는 것은 매일 아침 부드럽고 간지러운 꽃가루의 공격과 직면해야 한다는 뜻이었다. 그래서 등굣길에는 늘 비밀 임무를 수행하는 루크 스카이워커(영화 〈스타워즈〉 시리즈에 등장하는 인물—옮긴이)가 된 기분이 들었다. 물론 그 임무는 꽃가루를 피하는 것이었다.

오늘도 무사히 임무를 완수한 미켈레가 학교에 도착해 자전거 거치대에 자전거를 묶고 있을 때였다.

"안녕, 타데이. 오늘은 내가 네 비밀을 폭로해 볼까?"

누구인지 확인하려고 돌아볼 필요도 없었다.

"네가 왜 나를 성으로 부르는지 궁금하다는 것 말고 다른 비밀은 없어, 테사."

가죽 가방을 어깨에 멘 테사가 미켈레 곁으로 다가왔다. 코트 아래로 하얀 물방울무늬 원피스가 보였다.

"왜? 그러면 안 돼?"

"나는 호감이 가지 않는 애들만 그렇게 부르거든."

미켈레가 계단을 오르며 덧붙였다.

"어, 그러면 네가 날 싫어한다고 생각하면 되는 건가?"

"말 돌리지 마."

테사의 말에 미켈레는 피식 웃으며 교실로 들어갔다. 그러자 언제나처럼 바질이 불쑥 튀어나와 메트로놈처럼 빠르게 말을 쏟아 내기 시작했다.

"안녕? 지금 네 도움이 좀 필요해. 그러니까 간단히 설명하면, 계절이 바뀔 때마다 엄마들이 이탈리아 음식과 튀니지 음식이 섞인……. 어, 그러니까 나처럼 말이야. 아무튼 그런 요리로 저녁 모임을 여시거든."

바질이 머쓱한 듯 씩 웃었다.

"그래서 이번에 필요한 향신료랑 허브, 그 외에 여러 식재료를 너희 어머니 가게에서 주문할까 하는데 괜찮을까?"

"어……, 어? 그래."

미켈레는 바질의 느닷없는 주문에 깜짝 놀라 얼렁뚱땅 고개를 끄덕였다.

"잠깐, 그런데 우리 엄마 가게는 어떻게 알았어? 아직 열지도 않았는데?"

"테사한테 들었어. 일요일에 오픈이라며?"

때마침 영어 선생님이 교실로 들어와 더는 물을 수 없었다.

미켈레는 궁금함을 꾹 참고 기다렸다가 쉬는 시간이 되자마자 테사 자리로 갔다.

"어디 좀 들어 보자, 테사."

하지만 테사는 고개를 들지 않은 채 손수건으로 사과를 닦는 데에만 열중했다.

"뭘?"

"너, 우리 엄마가 가게 여시는 거 어떻게 알았어?"

"우리 부모님 직업이 경영 컨설턴트서. 너희 어머니는 우리 부모님 고객이시고."

테사는 대수롭지 않게 대꾸하더니, 닦은 사과를 베어 물며 몇 마디 덧붙였다.

"뭐, 다른 것도 좀 들었어. 네가 엄마보다는 아버지와 사이가 더 좋다든가 하는 정보?"

미켈레는 테사를 빤히 바라보았다. 테사는 정말로 미스터리한 아이였다. 다른 아이들에게는 전 과목에서(체육 빼고) 최고 점수를 받는 우등생 이미지를 유지하면서, 유독 미켈레에게만큼은 시시때때로 이빨을 드러내며 맹견처럼 굴었다.

과자 봉지를 아무렇게나 버렸던 그날부터 별것도 아닌 이유를 들어 가며 공격하는 모습이 꼭 비뚤어진 관심을 표하는 것처럼 보일 정도였다. 미켈레는 테사가 교묘하게 똑똑한 건지, 아니면 그저 오지랖이 넓은 아이인지 가늠할 수가 없었다.

미켈레의 구겨진 얼굴을 본 테사가 기분 좋다는 듯이 웃었다.

"이 정도 비밀이 알려지는 것쯤은 별거 아니잖아. 안 그래?"

미켈레는 고개를 절레절레 저었다. 이 아이는 그저 오지랖이 넓을 뿐인 듯했다.

교실을 나와 비상계단으로 갔다. 비상문을 열고 나가자 루카와 같이 다니던 아이 두 명이 보였다. 눈이 마주쳤지만 미켈레는 담배를 자르는 두 사람의 모습을 모른 체하며 휴대폰을 꺼냈다.

인스타그램에 접속했다. 전에 올렸던 몇 안 되는 스토리를 확인하다가 놀라운 흔적을 발견했다. 테사가 미켈레의 게시물에 하트를 누른 것이었다. 언젠지도 기억나지 않을 만큼 아주 오래전, 제네바의 경기장에서 찍은 사진이었다. 사진을 넘기다가 실수로 누른 것 같긴 했지만, 어쨌든 그 흔적은 테사의 속내를 더욱 의심스럽게 만들었다.

미켈레는 마이 셀프를 열고 테사를 찾았다. 테사가 자신의 추억을 뒤졌으니, 그보다 훨씬 더 은밀한 것에 접근해 보기로 했다. 남들에게 말할 수 없는 비밀 같은 것 말이다.

그리고 게시글을 살펴보다가 흥미로운 글을 하나 발견했다. 그 글에는 클로즈업된 책상 사진이 함께 붙어 있었다.

어떻게 시험마다 최고 점수를 받는 거냐고? 간단해. 휴대폰을 하나 더 준비해서 필통에 숨겨 두는 거지.

그날 오후, 엄마가 가게로 인센스 스틱을 가져다 달라고 부탁했다. 학교 숙제를 미룰 수 있는 최고의 핑계인 데다, 어차피 도장에 가는 길이어서 흔쾌히 수락했다. 미켈레는 결국 쿵후 도장에 정식으로 등록했고, 수업 시간까지는 한 시간 정도 여유가 있었다.

"우리 아자롤(지중해 지방에서 자라는 산사나무류의 열매—옮긴이), 왜 여기서는 농구팀에 들어가지 않는 거야?"

입에 못을 물고 망치질을 하던 엄마가 갑자기 물었다.

"그야 저한테 팀은 하나뿐이니까요. 보병이요. 그 팀이 아니면 의미 없어요."

"음, 이해해."

"그럼요. 운동 경력 0년인 엄마도 충분히 이해하실 만하죠."

미켈레는 기분 좋게 대꾸하고는 가게를 나와 도장으로 향했다. 어른보다 경험이 많은 무언가가 자신에게 있다고 생각하면 기분이 좋아졌다. 한결 강해진 기분이 들기 때문이었다.

불어오는 바람과 꽃가루에 맞서며 중간쯤 갔을 때였다. 슈퍼에서 나오는 프란체스카의 뒷모습이 보였다. 미켈레는 저도 모르게 걸음을 서둘러 프란체스카에게 다가갔다. 하지만 당당했던 발걸음과 달리, 인사말은 제대로 나오지 않았다. 입속에서 얼어붙은 말이 어색한 미소와 엉켜 일그러졌다.

"어? 미켈레구나. 안녕?"

다행히도 미켈레를 발견한 프란체스카가 먼저 말을 걸었다.

"맞아. 멍이 사라져서 혹시 못 알아보나 싶었어."

미켈레가 왼쪽 뺨을 가리키자, 프란체스카가 미안해하는 표정을 지었다.

"루카가 원래 그런 애가 아닌데……. 그렇게까지는……."

양손 가득 봉지를 든 프란체스카의 어깨가 느릿하게 올라갔다가 내려왔다. 미켈레도 덩달아 어깨를 으쓱하고는 봉지로 시선을 던졌다.

"괜찮아. 네 잘못은 아니니까. 그나저나 좀 도와줄까?"

미켈레는 프란체스카의 대답을 기다리지 않고 봉지를 뺏어 들었다.

"고맙긴 한데…….."

프란체스카는 미소를 지었지만 난처한 기색이 역력했다.

"아이들 앞에서 루카에 대해 그렇게 말한 건 미안해. 그냥 골탕이나 좀 먹여 보려고 아무 말이나 던진 건데……. 그때 맞은 뒤로 화가 다 안 풀렸거든. 내 말이 진짜일 거라고 생각하진 않아."

물론 지금 한 말은 거짓이었다. 미안한 마음은 전혀 없었고, 아무렇게나 한 말도 아니었다. 하지만 다행히도 프란체스카는 미켈레의 변명을 믿는 눈치였다.

"타데이, 내 여자 친구한테 무슨 수작을 부리는 거야?"

그때 모퉁이를 돌아 나타난 노란 점퍼 차림의 루카가 버럭 소리를 지르며 다가왔다. 미켈레는 손에 든 봉지를 들어 올리며 덤덤하게 대답했다.

"아무것도. 도련님으로서 도움이 필요한 숙녀에게 할 수 있는 일을 하고 있을 뿐이야."

"핑계 좋네."

씹어 먹을 듯이 미켈레를 노려보던 루카의 눈이 이내 프란체스카에게로 향했다.

"역시 내 생각대로였어. 부잣집 도련님이 나타나기만 하면 나 같은 건 곧장 버릴 거라고 했잖아."

"루카, 오해야. 방금 들었잖아! 부잣집이고 뭐고, 나는 그런 거

신경 안 써!"

루카와 프란체스카 사이에 왠지 균열이 생긴 것처럼 느껴졌다. 지금의 루카는 누가 봐도 과민 반응을 하고 있었다.

"진정해. 우리는 정말 우연히 만났고, 무거워 보이기에 그저 도와주려 했던 것뿐이야."

미켈레는 말을 마치고 봉지를 바닥에 내려놓았다. 하지만 비난 어린 루카의 눈길은 프란체스카한테서 떨어지지 않았다. 프란체스카의 눈에 눈물이 고였다. 두 사람의 관계에 알 수 없는 변화가 생겼고, 미켈레가 그 일에 영향을 준 게 틀림없었다. 미켈레는 뭔가 말하려다가 입을 꾹 다물었다. 여기서 끼어들면 상황이 더 악화될 것 같았다.

루카와 프란체스카는 곧 말없이 반대 방향으로 멀어졌다. 혼자 걸어가는 프란체스카의 뒷모습을 보는 미켈레의 마음에 왠지 모를 죄책감이 피어올랐다.


두 사람의 변화는 학교의 다른 아이들도 눈치채기 시작했다.

"둘이 헤어진 것 같아. 프란체스카는 여전히 루카를 좋아하는 것 같긴 하지만……."

바질이 기지개를 쭉 펴면서 말했다.

"그러니까 체육관에서의 일 이후로…… 루카는 예전의 루카가 아니게 됐거든."

미켈레는 바질의 말처럼 자신이 비겁하게 굴었는지도 모른다는 생각이 들었다. 하지만 여전히 죄책감은 느껴지지 않았다. 지금도 마음속으로 루카는 그런 꼴을 당해도 싸다고 확신했다. 그래서 바질처럼 자신을 이해해 주지 않고 경멸의 눈초리를 보내는 테사를 볼 때마다 화가 치밀어 올랐다. 그 눈빛에 대한 복수의 기회는 얼마 지나지 않아 다가왔다.

잘난 아이들이 다니는 번쩍번쩍한 학교나 시 외곽의 허름한 학교나 똑같은 것들이 있다. 시험, 그 목전에서 컴퍼스 끝처럼 날카로워진 분위기. 물론 오늘 미켈레가 바짝 긴장한 것은 수학 시험 때문만은 아니었다. 미켈레는 시험이 시작되고 30분 정도가 지난 뒤 조용히 손을 들었다.

"타데이, 무슨 일이지?"

직사각형 안경 속에 담긴 선생님의 눈이 미켈레를 향했다.

"말해 봐. 왜 그래?"

선생님이 다시 물었다. 미켈레는 숨을 들이마시며 등을 꼿꼿이 세웠다.

"커닝을 하는 사람이 있어요. 고자질을 좋아하지는 않지만, 다른 학생들이 부당한 일을 당하면 안 되니까요."

반 아이들이 깜짝 놀라 주위를 두리번거리며 웅성댔다. 바질도 당황스런 눈으로 미켈레를 바라보았다.

"그게 누구지?"

선생님이 범인을 잡아내려는 듯 교실 끝과 끝을 오가며 대답을 재촉했다. 아이들을 향해 있는 선생님의 눈 언저리가 미세하게 떨렸다.

"테사 콜롬보입니다."

미켈레의 입에서 나온 이름에 곳곳에서 바람 빠진 웃음소리가 터져 나왔다. 선생님 역시 말도 안 된다는 표정으로 고개를 저으며 교탁으로 돌아가려고 했다.

"꽤 재미있는 농담이구나, 타데이. 시간이 얼마 안 남았으니 남은 문제나 얼른 풀어."

"진짜입니다, 선생님. 필통을 열어 보세요. 그 안에 휴대폰이 있을 거예요."

미켈레가 확신에 찬 목소리로 고집스럽게 주장했다. 하지만 테사는 무표정한 얼굴로 눈도 깜빡이지 않은 채 미켈레를 뚫어지게 쳐다보았다.

"콜롬보, 미안하지만 정확히 해야 하니 검사를 좀 하마."

선생님이 테사의 책상으로 다가갔다. 테사가 필통을 내밀자, 선생님이 그 안의 물건을 하나씩 조심스레 꺼냈다. 볼펜 세 자루, 색연필 한 자루, 자……. 하지만 휴대폰은 없었다.

"그럴 리가 없는데……. 자세히 봐 주세요."

미켈레는 당황스러운 마음에 자리에서 벌떡 일어나 테사의 책상으로 다가가려고 했다. 하지만 선생님이 화난 눈으로 미켈레의 행동을 저지했다.

"그만해. 무슨 생각으로 그런 건지 모르겠지만, 너 때문에 분위기가 흐뜨러졌잖니? 자, 다들 시험에 집중해."

미켈레는 수업이 모두 끝나자마자 가장 먼저 교실을 벗어났다. 테사는 물론, 그 누구와도 마주치고 싶지 않았다. 바보가 된 기분이었다. 이제 반 아이들 중 절반은 자신을 고자질쟁이라 여길 것이고, 나머지 반은 무턱대고 경멸할 터였다.

그런데 자전거 보관소에서 테사가 보란 듯이 미켈레를 기다리고 있었다. 얼굴에 아주 의기양양한 미소를 머금고서.

"좀 비켜 줄래?"

"네가 왜 그 꼴을 당했는지 안 궁금해? 내가 어떻게 한 건지도?"

"네가 뭘…… 어쨌다는 거야?"

미켈레는 버럭 화를 냈다. 지금은 대화할 기분이 아니었다. 하지만 테사는 미켈레의 말을 싹 무시하고 기대고 있던 몸을 바로 세우며 말했다.

"가자. 우리 집까지 좀 바래다줘."

테사를 바래다주느니 옆집의 사나운 개를 산책시키는 게 낫겠다 싶었지만, 이 상황을 피하자고 굳이 돌아서 가고 싶지는 않았다. 미켈레는 자전거를 끌며 말없이 앞장섰다.

"그래서……."

몇 분간 말없이 걷던 미켈레가 궁금증을 참지 못하고 결국은 먼저 말을 꺼냈다.

"네가 뭘 했다고?"

"간단해. 일단은 너한테 지나칠 만큼 관심이 많다는 인상을 남겼어. 옛날 사진에 실수인 척 하트까지 눌러 가면서 말이야. 거슬러서 짜증이 날 만큼, 그래서 되갚아주고 싶다고 생각하게끔 만들었지."

미켈레는 속에서 끓어오르는 화를 삼키며 인상을 구기지 않으려고 애썼다.

"그래? 궁금하네. 대체 왜? 왜 그런 짓을 했는데?"

"당연하지 않아?"

테사는 반에서 방정식을 풀 줄 아는 사람이 자신뿐이라는 걸 알았을 때처럼 진심으로 혼란스러운 표정을 지었다.

"네가 마이 셀프에 있는 남들의 이야기를 알고 있는 게 아닌지 시험해 보려고. 물론 그게 어떻게 가능한지까지는 모르겠지만, 내 짐작이 맞았다는 걸 확신했어. 내게 했던 말도, 루카에게 했던 말도 전부 네가 익명의 비밀을 알고 있다는 증거야."

반박하고 싶었지만 할 말이 없었다. 미켈레가 아무 대답도 하지 않자 테사가 다시 한번 고집스레 물었다.

"설명 좀 해 봐. 앱에 올린 비밀을 대체 어떻게 안 거야?"

미켈레는 여기까지 와서 사실을 부정하는 게 의미가 있는지 생각해 보았다. 아무 의미가 없었다. 그래서 결국 백기를 들고 말았다.

"실은 나도 몰라. 시스템 오류인 것 같아. 왜 나만 볼 수 있는 건지 정말로 모르겠어."

미켈레가 거대한 원형 건물의 모퉁이를 돌며 말을 얼버무렸다. 테사의 의심 가득한 눈초리가 날아와 꽂혔다.

"그래, 그렇다 치고……. 그래서 그 비밀들을 파헤쳐 다른 사람을 상처 입히는 데 써야겠다고 생각했어? 대체 얼마나 많은 비밀을 엿본 거야?"

이 아이는 내가 그렇게 한가해 보이나? 미켈레의 콧방귀 소리에 맞추어 자동차들이 도로 위를 쏜살같이 지나갔다.

"너와 다르게 나는 그 비밀들을 진지하게 생각하지 않았어. 게다가 누군가의 비밀이 중요한 의미를 가지려면, 일단 그 비밀의 주인공 자체가 내게 중요한 사람이어야……."

테사가 미켈레의 말을 끊고 앞을 가로막았다. 자신을 똑바로 응시하는 시선에 미켈레는 제자리에 멈춰 설 수밖에 없었다.

"모두의 비밀이 네 손 안에 있는데 그걸 그냥 놔뒀다고? 너라면 그 말을 믿겠니?"

미켈레의 입술이 일그러졌다. 듣고 보니 그렇긴 했다. 누구라도 쉽게 믿을 수는 없을 것 같았다.

"알았어, 네 말이 맞아. 대충 다 읽긴 했어. 그런데 참고로 나는 아직 우리 반 애들 이름을 다 못 외웠다고."

"그래서 행복해? 남의 약점을 쥐게 되어서? 말해 봐. 가입할 때 받은 질문에 뭐라고 대답했어?"

테사의 물음에 미켈레가 발끈해서 되물었다.

"그럼 너는? 넌 이제 행복해? 내가 전교생의 비밀을 알고 있다는 사실을 폭로할 수 있게 되어서?"

이제는 사실이 밝혀진들 상관없었다. 기껏해야 몬타넬리 중학교에서 공공의 적밖에 더 되겠는가.

"그것도 나쁘지 않네. 하지만 기회를 줄게. 너희 어머니 가게 개업식에 날 초대해 줘. 그러면 네 비밀에 대해 입 다물게."

이 아이는 정말로 종잡을 수가 없었다. 조금 전까지는 그렇게나 비난하더니 개업식에 초대를 해 달라고? 미켈레는 미간을 찌푸리고 테사를 바라보았다.

"그야 어렵지 않지. 그런데 왜? 내가 소름 끼치게 매력적이라서 봐주는 거야?"

테사의 얼굴이 순식간에 후끈 달아올랐다. 그러고는 화를 참는 듯 잠깐 씩씩거리다가 들고 있던 가방으로 미켈레를 세게 때리고 반대쪽으로 멀어졌다.

## 알 수 없는 마음

　엄마의 가게 '초록 모퉁이'는 사실 모퉁이가 아니라, 빌라 정원 앞의 긴 주랑(지붕과 기둥만 있고 한쪽 벽이 없는 긴 보도—옮긴이) 한 가운데에 있었다. 그 정원에는 꽃이 없어서 거의 잔디밭이나 다름없었지만, 꽤 넓어서 철길의 소음을 흩뜨려 주는 역할을 했다.

　가게를 오픈하는 일요일 아침에는 안팎으로 사람들이 북적였다. 미켈레는 초록색 앞치마를 두르고서 담당 구역인 화장품 매대 앞에 서 있었다.

　"그럼요, 글로리아 아주머니! 아니, 파라베니는 안 들었어요."

　미켈레가 진열된 상품을 가리키며 설명했다. 오렌지색 스카프를 두르고 있는 글로리아 아주머니는 엄마의 오랜 친구로, 어릴 때는 종종 그 집으로 놀러 가곤 했다. 그때 들었던 라틴 음악이나 그에 맞춰서 억지로 춤을 추던 기억이 생생해서, 지금까지도 〈맘보 No.5〉를 들으면 온몸에 소름이 돋을 정도였다.

"파라베니가 아니라 파라벤이야."

언제 온 건지 테사가 얼굴을 빼꼼 내밀며 미켈레의 말을 정정했다. 미켈레는 테사가 자신이 실수하기만을 기다렸다가 나타나는 것은 아닌지 의심스러웠다.

"그래, 결국 왔구나."

미켈레는 약속대로 엄마의 개업식에 테사를 초대했고, 그 애는 그 초대를 기꺼이 받아들였다. 수학 시간의 고자질 사건을 털어 버리는 암묵적인 화해였다.

글로리아 아주머니는 의미심장하게 눈을 찡긋하고는 슬쩍 자리를 떴다. 엄마랑 미리 약속이라도 한 게 틀림없었다. 미켈레가 또래 여자아이와 이야기를 나눈다면 그냥 여자 친구라고 생각해 버리기로 말이다. 미켈레는 한숨을 쉬며 고개를 돌렸다.

"그런데 왜 화장품 코너에 있어? 네가 화장품에 대해 잘 알 것 같지는 않은데."

적갈색 머리를 양쪽으로 틀어 올리고 카키색 재킷을 입은 테사의 모습이 꼭 뾰족뾰족 가시가 돋은 선인장 같았다.

"나라고 좋아서 있는 거 아니거든."

미켈레가 부루퉁하게 대답했다.

"엄마가 오늘 하루만 맡아 주면 NBA 스트리밍을 결제해 주신다고 해서. 아, 엄마다."

엄마는 미켈레와 똑같은 앞치마를 입고 있었다. 앞치마 위로
두른 작업용 벨트에 원예용 도구들이 마구잡이로 꽂힌 채 대롱
거렸다.

"안녕?"

엄마가 테사에게 쾌활한 목소리로 인사했다.

"초록 모퉁이에 온 걸 환영한다. 우리 은방울꽃 친구니?"

어김없이 튀어나온 별난 호칭에 미켈레의 얼굴이 벌겋게 달아
올랐다. 하지만 의외로 테사는 당황하지 않았다. 아니, 실은 무
작위로 쏟아지는 엄마의 질문 때문에 괴상한 별명 같은 건 신경
쓸 틈이 없어 보였다.

한참이나 질문을 퍼붓던 엄마는 가게 구경을 시켜 주겠다며
테사를 끌고 가 버렸다. 미켈레는 혼자 덩그러니 남겨졌다가 다
시 돌아온 글로리아 아주머니를 상대해야 했다.

"같은 반 친구니?"

"네, 테사 콜롬보예요."

"혹시 콜롬보 씨네 딸?"

'내가 어떻게 알아요?'라는 표정으로 되묻는 미켈레를 무시하
며 아주머니가 중얼거렸다.

"만약 맞다면 여기 있는 게 기적인데? 들리는 소문으로는 저
집 부모가 자식들을 특별 감시 대상처럼 아주 엄격하게 통제한

다더라고."

미켈레가 뭔가를 더 물으려던 순간, 테사가 다시 돌아왔다. 글로리아 아주머니가 당황스러운 얼굴로 눈짓을 하며 멀어졌다. 방금 한 말을 테사가 눈치채지 못하게 하라는 의미 같았다.

"너희 어머니, 정말 대단하시다."

테사가 미켈레 뒤쪽에 있는 나무 상자 위에 걸터앉으며 말했다. 품에는 엄마가 안겨 준 듯한 작은 양치 식물 화분이 하나 있었다.

"정말로 혼자서 다 준비하셨던데? 가게에 있는 씨앗과 화분 하나하나를 다 아시더라고."

"그야 당연하지. 눈치챘는지 모르겠는데, 식물마다 이름도 다 다르게 붙어 있어."

미켈레가 허리를 굽혀 테사가 안고 있는 화분을 가리켰다. 그 화분에는 '펠리치아'라는 이름표가 꽂혀 있었다.

"물론 사람한테도 그러시고. 아까 들었지? 나도 본명보다는 블루베리나 은방울꽃 같은 별명으로 불려."

웃음을 참는 테사의 볼에 작은 보조개가 파였다. 그러고는 주변을 슬쩍 돌아보더니 목소리를 낮추어 나직이 물었다.

"혹시 너보다 식물들에 대한 애정이 더 크신 것 같지 않아?"

미켈레는 양치 식물을 잠시 뚫어지게 바라보다가 허리를 세웠다. 요 며칠 동안 가게 오픈 준비에 쿵후 연습까지, 이리저리 바쁘게 움직였더니 허리가 삐걱거렸다.

"네가 상관할 일이 아니라고 생각되지는 않고?"

"뭐, 그렇다면야. 그래도 고민거리가 생기면 내가 들어 줄게."

미켈레의 날카로운 대꾸에도 테사는 당황하는 기색 없이 몸을 일으키며 대답했다.

"어쨌든 마이 셀프 앱을 설치했다는 건, 네게도 마음속에만 담아 둘 수 없는 뭔가가 있다는 뜻 아니겠어?"

미켈레는 말없이 한 발 뒤로 물러섰다. 테사는 그 모습에 어깨를 살짝 으쓱해 보이며 그 앞으로 지나치다가 문득 걸음을 멈추었다.

"아, 오늘 오후에 바질하고 비코카 빌리지에 갈 건데, 혹시 함께 가고 싶으면……."

"미안하지만 난 됐어. 뒷정리를 도와야 해서."

하지만 몇 시간 뒤, 결국 미켈레는 가게에서 몰래 빠져나와 쇼핑몰에 도착했다. 테사와 바질이 2층에서 미켈레를 기다리고 있었다. 세 사람은 오락실 안쪽에 있는 볼링장으로 향했다.

온통 파란빛인 볼링장은 게임기 소리, 노래 소리, 캐비넷이 여닫히는 소리 등 오락실에서 넘어오는 온갖 소음이 끊이지 않았다. 이곳에서 집중하기란 거의 불가능에 가까워 보였다. 하지만 미켈레는 선수로서의 집중력을 되살려 두 번 만에 핀을 모두 쓰러뜨리는 데 성공했다.

미켈레의 의기양양한 도발을 테사가 받아들였다. 테사는 카디건 소매를 걷어 올리며 초록 공을 집어 들었다. 미켈레가 레인으로 향하는 테사의 뒷모습을 쫓았다.

사실 여기에 오겠다고 마음을 바꾼 이유 중 하나는 테사였다. 글로리아 아주머니의 말이 머리에서 떠나지 않았다. 부모가 만든 울타리에 갇혀 하루 종일 공부만 하는 테사의 모습이 떠올랐다. 그래서 오늘 하루쯤은 NBA 경기보다 맘껏 웃는 테사의 모습을 보는 것도 나쁘지 않겠다고 생각했다.

"테사 콜롬보?"

그때였다. 테사를 부르는 목소리가 들렸다. 뒤를 돌아보니 프란체스카가 금발의 여자아이와 나란히 서 있었다.

"네가 여기 있다고 안나가 그러더라고. 보고도 믿기지가 않네. 주말인데 어떻게 집 밖으로 나왔어?"

테사는 무시하려는 듯 곧장 등을 돌렸다. 하지만 프란체스카는 기어코 테사 앞까지 쫓아와 계속 말을 걸었다.

"게다가 플라스틱 컵까지? 이게 대체 웬일이야!"

서로를 노려보는 두 아이의 눈빛이 드라마 〈워킹 데드〉 시리즈에 나오는 좀비보다 더 소름 끼쳤다.

"머그잔에 달라고 말하기도 전에 나와서 어쩔 수 없었어. 그리고 거의 다 마셨고……."

하지만 눈빛과 달리, 테사의 목소리는 꽤 주눅 들어 있었다. 분리수거함에 컵을 집어넣는 손도 살짝 떨리는 것 같았다.

"됐지?"

테사는 컵을 분리해서 버린 후, 순식간에 오락실을 빠져나갔다. 미켈레와 바질이 붙잡을 틈도 없었다. 두 사람은 깜짝 놀라 테사가 신고 온 샌들을 들고 헐레벌떡 뒤를 쫓아갔다.

"테사, 잠깐만! 볼링화 반납해야지!"

겨우 테사를 붙잡아 쇼핑몰 벤치에 앉히는 데 성공했다.

"참 고맙다! 그냥 보고만 있어 줘서!"

테사가 미켈레를 향해 톡 쏘아붙였다.

"왜 그렇게 예민하게 굴어? 그냥 농담이라고 생각했는데."

미켈레는 테사를 진정시키기 위해 한 손을 어깨에 올려놓으려 했다. 하지만 테사가 미켈레의 손을 탁 쳐 냈다.

"그래 보였겠지. 하지만 난 아니었어. 넌 저 말이 재미있던?"

"야! 왜 나한테만 그래? 바질도 아무 말 안 했잖아!"

미켈레가 목소리를 높이자 테사가 놀랐는지 눈을 동그랗게 떴다. 그러고는 몸을 기울이며 작은 목소리로 소곤거렸다.

"그야 바질은 프란체스카를 좋아하니까! 알면서 왜 그래?"

어안이 벙벙했다. 몰랐던 사실이기도 했지만, 설령 알았더라도 그게 자기만 타박받아야 하는 이유는 아니었다. 바질의 어리둥절한 눈이 괜스레 원망스러웠다.

"신발 줘. 반납하고 올게."

미켈레는 불퉁한 얼굴로 테사의 볼링화를 건네받아 오락실로 돌아갔다. 볼링장 주인이 볼링화를 밖으로 가져갔다며 야단쳤지만 대충 사과하고 돌아 나왔다.

"……그냥 유행이니까 환경에 신경 쓰는 척한 거지? 빨리 인정해. 그런다고 널 비난하지는 않을 테니까."

친구들이 있는 곳으로 오니, 어느새 프란체스카와 안나가 다시 나타나 테사에게 시비를 걸고 있었다. 미켈레는 잠시 프란체스카를 노려보다가 짧게 쏘아붙였다.

"글쎄, 생리하는 척하면서 어른 흉내 내는 것보다는 차라리 환경 운동가가 낫지 않아? 그래도 세상에 도움은 되잖아."

미켈레의 말에 모두가 놀라서 얼어붙어 버렸다. 프란체스카의 얼굴이 하얗게 질렸다가 금세 새빨개졌다. 그러고는 아무 말 없이 잠시 서 있다가 뒤를 돌아 가 버렸다. 그 모습을 보던 테사가 한숨을 푹 내쉬었다.

"넌 정말 바보야, 미켈레."

그러고는 테사마저 돌아서 사라졌다. 왜 이곳 아이들은 자신이 뭘 하기만 하면 화를 내는 걸까? 대체 뭘 어쩌라는 거지? 미켈레는 숨을 몰아쉬었다.

최고의 선물?

테사는 프로 선수에 버금가는 집중력으로 일주일 내내 미켈레에게 경멸의 눈초리를 보냈다. 미켈레는 테사가 왜 이렇게까지 화를 내는지 도무지 이해할 수 없었다. 가만히 있지 말래서 나서 주었고, 당한 만큼 되갚아 줬으니 도리어 고마워해야 하는 것이 아닌가.

기나긴 한 주가 지나고 겨우 주말이 되었다. 이곳으로 이사 온 뒤, 처음으로 아버지 집에 가는 날이었다. 익숙한 건물이 보이자 겨우 숨통이 트이는 것 같았다. 배은망덕한 테사나 눈치 보느라 굳어 있던 바질한테서 멀리 떠나서 더 그런지도.

미켈레는 골동품 같은 엘리베이터에 오르며 휴대폰을 꺼냈다. 바질로부터 메시지가 와 있었다.

> 잘 모르겠어. 좀 예민해질 만한 일이 있었는지도…….

무슨 얘기를 하고 있었는지 떠올리는 데 시간이 좀 걸렸다. 바질에게 답장을 받으려면 늘 메시지를 보내고 최소 두 시간은 기다려야 했기 때문이다.

> 궁금증이 겨우 풀렸네. 이제야 잘 수 있겠어.

미켈레는 바질이 자신의 빈정거림을 알아차리길 바라며 답장을 보냈다. 그리고 바질과 나눈 대화를 다시 읽어 보았다. 두 사람은 프란체스카에 대해 이야기하던 중이었다. 그 애가 왜 갑자기 테사에게 공격적으로 굴었는지에 대해서.

그때 엘리베이터가 목적지에 도착했음을 알렸다. 밖으로 나가자 아버지가 문 앞에서 기다리고 있었다. 아버지는 미켈레를 힘주어 끌어안은 뒤, 어깨를 감싼 채 집으로 들어갔다. 크게 바뀐 것은 없어 보이는데, 생소한 소나무 향이 났다.

"아, 신발은 벗고 들어와."

"언제부터 집에서 신발을 벗었어요?"

미켈레가 의아해하며 묻자, 아버지가 손님용 슬리퍼를 내밀며 대답했다.

"새로 정한 규칙이 좀 있어."

"뭐, 좋아요. 오늘은 저녁으로 피자를 먹고 농구 경기를 볼 거죠? 전 어떤 팀의 경기라도 재미있게 볼 준비가 돼 있어요."

그러자 아버지가 고개를 저으며 집 안쪽을 가리켰다.

"농구 경기는 보지 않을 거야. 대신에 깜짝 선물이 있다."

아버지의 말에 고개를 돌리니, 그곳에 마티아가 웃으며 서 있었다. 미켈레는 손을 높게 들어 마티아와 하이파이브를 했다.

"아버지가 마티아를 초대하신 거예요? 정말이지 최고의 선물이에요!"

웃음이 멈추지 않았다. 심지어 마티아도 아무 말을 안 했기 때문에 기쁨이 더욱더 컸다. 그런데 자신과 포옹하는 마티아의 몸이 약간 굳어 있는 게 느껴졌다. 의아한 눈으로 친구의 시선을 따라갔을 때, 주방 끝에 있는 누군가가 보였다.

"알레산드라 아주머니?"

그 순간, 집 안에 무거운 침묵이 내려앉았다. 미켈레의 머릿속에서 퍼즐이 맞춰졌다. 오늘 저녁 식사의 초대 손님은 마티아가 아니었다. 진짜 손님은 바로 자신이었던 것이다. 문득 슬리퍼가 발을 꽉 옥죄는 듯한 기분이 들었다.

"그러니까 우리 아버지랑 너희 엄마랑 함께 사시는 거구나."

저녁을 먹고 난 뒤, 얼마 전까지 자신이 썼던 방으로 들어서며 미켈레가 물었다. 그러자 뒤를 따라온 마티아가 문을 닫으며 대답했다.

"맞아……. 그렇지만 맹세하는데, 나도 네가 이사 가던 날 밤에야 알았어……."

마티아는 정말로 유감스러운 얼굴이었다.

"직접 말하고 싶으니까 기다려 달라고 하시더라."

"그러니까 뭐냐……? 이제 우린…… 형제야?"

두 사람은 머리맡에 코비 브라이언트의 포스터를 붙인 침대 위로 나란히 드러누웠다. 둘은 형제라고 우기기엔 달라도 너무 달랐다. 한 사람은 갈색 머리칼, 한 사람은 금발이었다. 한 사람은 충동적이고, 한 사람은 생각이 너무 많았다. 하지만 미켈레의 투덜거림에도 마티아는 늘 그랬듯 미소를 지어 보였다.

"새삼스럽게 왜 그래? 우린 원래 형제였잖아."


"어서 와, 플레이 메이커!"

놀라운 일은 아버지의 재혼 선언으로 끝나지 않았다. 다음 날, 이시도라네 집에 갔을 때였다. 마티아와 함께 도착했을 때 보병 팀 친구들이 소파 밑, 문 뒤, 심지어 옷장에 숨어 있다가 한 명씩 튀어나온 것이다. 두 번째 깜짝 만남에 미켈레는 다시 한번 웃음을 멈추지 못했다.

비가 오는 바람에 테라스에는 나가지 못하고, 거실에서 닌텐도 게임을 하기로 했다. 하지만 몇 주 만에 게임기를 잡은 미켈레는 두 판을 채 끝내지도 못하고 포기를 선언했다. 뒤로 빠져서 구경을 하고 있을 때, 덩크슛 담당인 줄리오가 말을 걸었다.

"어때? 새 학교에 예쁜 여자아이들 좀 있어?"

"그런 애 없어."

미켈레가 케이크 반쪽을 한입에 넣으며 말했다.

"거짓말! 얼굴이 빨개졌는데?"

줄리오가 호탕하게 웃으며 미켈레의 등을 퍽 쳤다. 그 바람에 미켈레의 입에서 케이크 부스러기가 튀어나왔다. 사실 줄리오의 질문을 듣는 순간, 왠지 모르게 테사가 떠오르긴 했다. 하지만 말할 수 없어서 그냥 어색하게 웃으며 시선을 돌렸다.

그때였다. 거실과 주방을 분리하는 유리문 너머로 이시도라와 마티아의 모습이 보였다. 마티아의 금발 머리 사이로 손가락을 집어넣는 이시도라의 행동과 분위기가 왠지 묘했다. 심장이 쿵 떨어지는 것 같았다. 뭔가 불길했다.

"어……, 나 바람 좀 쐬고 올게."

미켈레는 베란다로 나가 테라스로 이어지는 계단을 빠르게 내려갔다. 테라스는 작았지만 스포르체스코성 광장과 초록 물결을 이루는 나무들 쪽으로 나 있어서 경치가 꽤 좋았다. 하지만 오랜만의 경치를 즐길 여유는 없었다. 바닥의 냉기가 얇은 양말을 뚫고 올라왔다. 미켈레는 아랑곳하지 않았다.

휴대폰을 꺼냈다. 새로운 위치 정보를 내려받아야 해서 로딩하는 데 시간이 좀 걸렸다. 조금 기다리자 앱이 켜지고 색색의 점들이 지도 위로 솟아올랐다. 마티아의 계정을 금세 발견했다. 프로필 사진이 농구공이어서, 그 이상한 오류가 아니더라도 금방 알아차렸을 것이다.

마티아의 계정에는 의외로 게시물이 많았는데, 자주 듣는 노래 가사와 기하학적인 삽화, 추상적인 그림들이 가득했다. 하지만 미켈레가 찾는 것은 따로 있었다.

스크롤을 한참 움직인 후에야 마티아와 이사도라가 환하게 웃으며 안고 있는 사진이 나타났다. 익명성을 지키라는 원칙 때문에 가리고 보정을 했지만 단번에 알아볼 수 있는 얼굴들이었다.

"미켈레! 혼자서 뭐 해? 얼른 들어와. 나랑 마티아가 붙는 결승전을 시작할 거야!"

그때 이시도라가 테라스 밖으로 얼굴을 내밀었다. 웃고는 있었지만, 페이크 동작을 하기 직전의 선수들처럼 왠지 모를 경직감이 느껴졌다.

"결승전이라고? 마리오 카트 실력이 많이 늘었네? 그 사이에 마티아하고 엄청 연습했나 봐."

잔인하게 들리든 말든, 상대의 기분이 어떨지는 전혀 신경 쓰이지 않았다. 오히려 이시도라의 감정이 자기 손안에 있다고 생각하자 묘하게 흥분되기까지 했다.

"그게 무슨 말이야?"

이시도라가 당황한 얼굴로 물으며 다가왔다. 미켈레는 휴대폰을 주머니에 넣고 일어섰다. 자그마한 이시도라가 자신의 눈 아래에 놓여 있었다. 마음속에서 여러 감정이 섞여 회오리쳤다.

"아닌 체할 필요 없어. 너희가 무슨 사이든 관심 없으니까."

그리고는 다시 안으로 들어간 뒤, 깜짝 놀란 눈으로 자신을 쳐다보는 친구들을 순식간에 지나쳐 밖으로 나왔다. 계단을 막 내려가고 있을 때, 누군가 미켈레를 불렀다. 마티아였다.

"미켈레, 미안해……. 그렇게 됐어. 말 못 해서 정말 미안해."

짐작이 사실이 되는 순간이었다. 굳이 돌아보지 않아도 마티아의 표정을 알 수 있었다. 하지만 사과만으로는 분노가 가라앉지도, 바보 취급을 당했다는 생각이 사라지지도 않았다.

"우리가 형제라고? 아니, 나는 파커(영화 〈스파이더맨〉의 주인공─옮긴이)고, 넌 오스본(파커의 친구였으나 적으로 돌아서는 인물─옮긴이)일 뿐이야."

말을 마치자마자 뒤돌아보지 않고 곧장 계단을 달려 내려갔다. 방금 내뱉은 말이 후회되었지만, 더 이상 어쩔 수 없었다.

스포르체스코성 앞 광장, 북적이는 주말 인파를 피해 미켈레는 구석진 벽에 기대어 섰다. 눈에 보이는 장소들은 너무나 익숙했고, 멀지 않은 곳에 자신의 집, 아니 정확히 말하면 아버지의 집이 있었다. 하지만 돌아가고 싶은 마음이 들지 않았다.

휴대폰이 울렸다. 이렇게 계속 무시하면 마티아가 아버지에게 연락할 테고, 그러면 온 가족이 비상사태에 들어갈 것이다. 안 봐도 뻔했다. 그래도 받지 않았다.

미켈레는 휴대폰을 비행기 모드로 바꾸고 이어폰을 귀에 꽂았다. 데이터를 연결하지 않고도 들을 수 있도록 미리 음원을 다운받아 놓은 자신이 기특했다.

미켈레는 스포티파이를 열어 가장 우울한 노래를 골랐다. 느린 전자음이 울려 퍼지면서 주변의 소음이 사라졌다. 때맞춰 빗방울도 떨어지기 시작했다. 미켈레는 후드를 뒤집어쓰고 사람들 속에 섞여 들었다.

엄마 집으로 돌아가야겠다고 생각했다. 하지만 비행기 모드로 해 둔 탓에 구글맵을 볼 수가 없었다. 지하철을 타면 어떻게든 갈 수 있을 것 같은데, 맨몸으로 나온 터라 주머니에는 단돈 50센트도 없었다.

무작정 정차 중인 트램에 올라탔다. 몇 번인지 확인도 하지 않았다. 그러면서 이시도라네 집 현관을 흘깃 바라보았지만, 뒤쫓아 나오는 사람은 없었다. 잠시 후, 트램이 움직이기 시작했다.

미켈레는 느낌대로 아무 데서나 트램을 갈아탔다. 대충 두 시간쯤 지났을 때 중앙역 앞에 도착했다. 새하얀 건물이 시커먼 먹구름으로 뒤덮인 하늘과 대비되어 선명하게 빛났다. 주위를 오가는 사람들은 자신의 목적지로 바쁘게 움직였다. 미켈레도 그에 휩쓸려 걸어가다가 누군가와 충돌했다.

"조심해, 멍청아!"

빨간색 상의를 입은 여자아이가 눈을 흘기면서 거친 말을 내뱉었다. 미켈레는 본능적으로 그 아이를 잡아 세우고 물었다.

"저기……, 세스토산조반니로 어떻게 가는지 아니?"

미켈레가 묻자, 여자아이가 멀지 않은 곳에 멈춰 있는 버스를 가리켰다. 81번 버스였다. 미켈레는 엄지를 들어 고마움을 표하고 급히 달렸다. 바닥에 생긴 물웅덩이를 피할 틈도 없이 달려서, 막 닫히려는 뒷문으로 올라타는 데 성공했다. 미켈레는 맨 뒷자리에 털썩 앉아 눈을 감고서 숨을 몰아쉬었다.

집으로 가는 길은 멀었다. 하지만 아는 길이 아니라서 잠들 수가 없었다. 버스가 멈출 때마다 승객이 하나둘 줄고, 하늘도 점점 어두워졌다. 배터리가 다 되었는지 어느 순간 음악마저 끊겼다. 음악이 꺼지고 이어폰 사이로 주변의 소리가 새어 들어오자 문득 외로워졌다. 그리고 왈칵 겁도 났다.

미켈레는 몸을 구기고 차창에 몸을 기댔다. 그때 버스가 다시 멈추었다. 한동안 내리는 사람뿐이었는데, 버스에 타는 사람이 있었다. 검은색 상의에 사각 모자를 쓴 검표원이었다!

미켈레는 용수철이 튕겨지듯 벌떡 일어나 닫히지 않은 뒷문으로 잽싸게 내렸다. 그리고 버스가 보이지 않는 곳까지 무작정 달렸다. 겨우 정신을 차리고서는 여기가 어디인지 알 수 없다는 것과 휴대폰으로 길을 찾을 수도 없다는 것을 깨달았다.

일단은 큰길을 따라 걸으며 자신이 아는 무엇이라도 나타나길 바랐다. 그러나 가면 갈수록 그 길이 그 길 같아지면서 점점 음산해지기까지 했다. 비가 그쳤다는 게 그나마 다행이었다.

교차로 부근에 도착했을 때, 왠지 익숙한 실루엣이 나타났다. 어둠 속에서도 빛나는 노란색 상의……. 루카 폰초니였다. 서둘러 횡단보도를 건너갔다. 그런데 루카는 혼자가 아니라 휠체어를 탄 중년의 아저씨와 함께 있었다. 미켈레가 발걸음을 우뚝 멈췄다. 그사이 중년 아저씨와 루카가 미켈레가 서 있는 곳에 가까워졌다.

"타데이?"

미켈레를 발견한 루카가 눈썹을 꿈틀댔다. 미켈레는 인사의 표시로 뻣뻣하게 손을 들었다.

"반 친구니?"

아저씨가 미소를 지으며 미켈레에게 물었다.

"아……, 아니에요. 저는 3학년 C반이에요."

잠시 망설이던 미켈레가 더듬거리며 겨우 대답했다.

"어쨌든 루카 친구지. 안 그러니? 루카는 제 친구들을 한 번도 소개해 준 적이 없는데……. 만나서 반갑다. 나는 비토리오 폰초니란다. 루카 아버지야."

아저씨가 미켈레와 악수하기 위해 몸을 앞으로 살짝 내밀었다. 미켈레가 어정쩡하게 그 손을 잡으며 인사했다.

"아, 안녕하세요? 저는 미켈레예요. 미켈레 타데이."

뒷목에서 열이 올라왔다. 이제야 이해가 되었다. 루카가 말한 연금은 노령 연금이나 실업 연금이 아니라 장애인 연금이었고, 수입이 없어 집이 가난한 것도 아니었다.

지금껏 한 번도 느껴보지 못한 죄책감이 밀려들었다. 루카 아버지가 친절하게 웃을수록 그 마음은 더욱 깊어졌다. 어떤 방법이라도 좋으니 당장 사라질 수만 있다면 그러고 싶었다.

"그런데 너도 루카만큼 키가 크구나. 혹시 너도 농구 선수가 되고 싶은 건……."

그러자 루카가 아버지의 말을 가로채며 퉁명스레 소리쳤다.

"아버지! 쓸데없는 소리는 그만하세요!"

하지만 루카 아버지는 아들의 그런 반응을 아무렇지 않다는 듯 넘기고 다시 물었다.

"그나저나 이렇게 늦은 시각에 산책하는 거니? 집은 어디고?"

"몬타나리가예요."

미켈레가 루카의 눈치를 슬쩍 살피며 대답했지만 루카는 미켈레를 바라보지 않았다.

"우리 집에서 멀지 않구나. 우리도 그쪽에 살거든. 어두운데 같이 가자."

거절할 새도 없이 세 사람은 결국 같이 가게 되었다. 가는 동안 루카 아버지는 미켈레에게 온갖 집안 사정을 다 털어놓았다.

물론 루카가 아버지의 입을 막으려 애썼지만 아무 소용 없었다.

집 앞에 다다르자 아버지의 연락을 받은 건지, 엄마가 기다리고 있었다. 엄마는 아무것도 묻지 않았다.

다음 날 아침, 머리에 스카프를 두르고 낡은 멜빵바지를 입은 엄마가 미켈레를 깨우러 방으로 들어왔다. 옷차림을 보아하니, 오늘은 해야 할 일이 꽤 많은 모양이었다.

"잘 잤니, 재스민?"

미켈레는 기지개를 켜며 지난밤에 엄마 방에서 잠들었다는 사실을 떠올렸다. 아버지에게 미켈레가 집에 무사히 도착했다고 연락한 뒤, 미켈레가 가장 좋아하는 영화 〈스콧 필그림 vs 더 월드〉를 함께 보다가 잠든 것이다.

커튼을 걷고 방 밖으로 나갔던 엄마가 곧 나무 쟁반을 들고 왔다. 쟁반에는 주스 한 잔과 시리얼을 뿌린 요거트가 있었다.

"얼른 먹어. 오늘은 꽤 바쁠 테니까."

엄마가 방 밖으로 사라졌다. 미켈레는 습관적으로 휴대폰을 집어 들었다. 하지만 배터리는 나갔고 충전기는 아버지 집에 두고 왔다. 어쩔 수 없이 휴대폰을 포기하고 아침을 먹으려는데, 밖에서 시끄러운 소리가 들려왔다.

서둘러 아침을 먹고 밖으로 나가니, 미켈레 방에 있던 가구들이 밖으로 죄다 나와 있었다. 방바닥은 비닐로 덮여 있었는데,

그 위에 하얀색 페인트 통과 여러 가지 색깔의 물감 통, 페인트 롤러, 붓이 흩어져 있었다. 엄마가 뭘 하려는지 알 것 같았다.

"이 벽은 정말로 엉망진창이네. 색도 너무 바랬고."

엄마가 머리에 맨 스카프 위에 신문지로 만든 모자를 덧쓰며 말했다.

"다른 색으로 덮으면 좋겠는데……. 무슨 색이 좋겠니?"

"저는 청록색이 좋아요. 아니면 깊은 파란색이요."

미켈레가 아주 진지하게 대답했다.

"깊은 파란색이라니……. 아들, 언제부터 그렇게 색조의 전문가가 됐어?"

"비밀이에요!"

미켈레가 씩 웃으며 엄마를 끌어안았다.

"이건 이번 달치 애정 표현이에요."

## 사진 유출

"아무튼 테사에게 메시지를 보냈어. 그런데 답장이 없더라고."

주말 내내, 그리고 조금 전에도 날아온 마티아의 메시지를 무시하며 미켈레가 옆자리에 앉은 바질에게 속삭였다. 앞에서는 미술 담당인 카포랄리 선생님이 아이들과 일대일로 구술시험을 보는 중이었다. 선생님의 입꼬리가 처진 걸 보니, 리카르도의 답변이 만족스럽지 못한 모양이었다. 리카르도가 받게 될 최악의 점수는 유감이지만, 잡담할 시간이 생긴 건 좋았다.

"네가 프란체스카에게 했던 말 때문에 화나 있는 것 아닐까?"

바질이 고개를 갸웃거리며 말했다.

"일 초 전에는 가만히 있었다고 화를 내더니, 막상 편드니까 그건 또 그것대로 화를 내고……."

미켈레가 불만 가득한 눈을 굴리며 투덜거렸다.

"프란체스카는 모르겠지만 테사는 생리를 할 것 아냐?"

"내가 장담하는데, 이번 일은 생리를 하는지 아닌지와는 상관없어. 우리 엄마들이 뭐라고 했냐면……."

때마침 울린 수업 종료 종이 가혹하기 그지없는 질문으로부터 리카르도를 구해 냈다. 그리고 미켈레 또한 난처한 이야기를 시작하려는 바질에게서 벗어났다.

미켈레는 비어 있는 테사의 자리를 흘깃 보았다. 테사는 오늘 결석이었다. 연락을 받지 않는 테사와 대화하려면 집으로 갈 수밖에 없는데, 미켈레와 바질은 테사네 집이 어딘지 몰랐다. 다른 아이들에게도 물어보았지만, 아는 사람이 한 명도 없었다.

두 사람은 하는 수 없이 교무실을 찾았다. 그리고 과제 전달을 핑계 삼아 선생님에게 테사네 집 주소를 물었다. 다행히 선생님은 큰 의심 없이 주소를 알려 주었다. 미켈레와 바질은 서로 눈빛을 교환한 뒤, 책상 아래로 주먹을 맞부딪쳤다.

수업이 끝난 후, 미켈레는 바질과 헤어져 학교의 북동쪽으로 향했다. 위쪽 동네는 꽤 한가로웠는데, 전체적으로 높지 않은 집들이 드문드문 있기 때문인 것 같았다. 그중 테사네 집은 자그마한 파란색 주택으로, 험악하게 생긴 난쟁이 조각 두 개가 정원에 놓여 있었다.

미켈레는 초인종을 누르고 초조한 기색으로 서성거렸다. 그때 문이 열리고 누군가가 나오는 소리가 들렸다.

"누구야? 혹시 테사 친구?"

살짝 열린 대문 사이로 깡마른 남자가 미켈레를 노려보았다. 듬성듬성 난 붉은색 턱수염 때문에 얼굴이 지저분해 보이는 사람이었다. 아마 테사의 오빠인 것 같았다.

"너도 뭐, 청소년 환경 운동가라든가 그런 부류야?"

"네? 그게 아니라 저는……."

느닷없는 공격에 당황한 미켈레가 말을 더듬었다. 하지만 테사의 오빠는 대답을 기다리지도 않고 고개를 절레절레 저었다.

"다들 그렇게 부정을 하더라. 아무튼 내 동생은 지금 벌 받는 중이야. 최근 본 시험에서 89점을 맞았거든. 뭐, 아프기도 하고."

마음이 무거워졌다. 커닝을 한다고 선생님에게 일러바쳤던 그 시험일 가능성이 아주 컸다.

"그래도 89점이면 꽤 잘한 건데……."

"환경 운동이나 하고 다니는 애들 중에서는 그렇겠지. 너도 쓸데없는 짓 하지 말고 얼른 가서 공부나 해!"

테사의 오빠가 쏜살같이 쏘아붙이고는 미켈레의 면전에서 문을 쾅 닫았다. 하지만 이대로 돌아갈 수는 없었다. 집을 한 바퀴 돌아보니 2층에 발코니가 보였다. 놋쇠로 만든 낡은 램프와 고리버들 소파, 초록색 식물로 뒤덮여 있었는데, 그 사이에 엄마가 선물한 펠리치아가 있는 걸 보니 테사의 방이 확실했다.

미켈레는 두리번거리다가 정원 한 귀퉁이에 놓인 길고양이용 밥그릇에서 사료를 한 움큼 집어 들었다.

"테사."

미켈레가 테사의 이름을 작게 부르며 창문을 향해 사료를 던지기 시작했다. 얼마 지나지 않아 커튼이 걷히고, 머리가 마구 헝클어진 테사가 나타났다. 테사는 미켈레를 발견하고 눈을 휘둥그레 뜨더니 커튼 뒤로 후다닥 사라졌다.

"테사!"

미켈레는 방금 전보다 조금 더 크게 테사를 부르며 사료를 집어 던지기 시작했다.

"너 미쳤어?"

테사가 작은 담요를 어깨에 두르고 다시 나타났다. 그사이 잽싸게 머리를 빗었는지 아까보다는 꽤 정리된 모습이었다.

"여기서 뭐 하는 거야?"

"맹수한테 들키기 전에 나 좀 올라가도록 도와줄래?"

"우리 집에는 개 없는데."

"개 말고 네 오빠 말이야."

미켈레의 말에 테사가 피식 웃음을 터뜨렸다. 그러고는 버들고리 소파를 난간 쪽으로 옮기고 식물들을 조금씩 밀어 공간을 마련해 주었다.

발코니는 농구 골대 높이쯤으로 별로 높지 않아서 점프 한 번이면 난간에 충분히 닿을 것 같았다. 미켈레는 난간을 붙잡은 뒤, 테사의 도움을 받아 안전하게 소파 위로 떨어지는 데 성공했다. 두 사람은 마주 보고 웃음을 터뜨렸다. 하지만 테사는 금세 웃음을 멈추고 질문을 쏟아 냈다.

"우리 집은 어떻게 알았어? 왜 온 거야? 원하는 게 뭔데?"

"한 번에 하나씩 물어. 일단 첫 번째 질문은 선생님이 알려 주셨어. 과제 핑계를 좀 댔지."

미켈레가 소파 뒤로 몸을 기대며 말했다.

"이번엔 내 차례야. 네 오빠는 원래 저렇게 친절하니? 묻지도 않은 걸 막 대답해 주던데."

테사가 한숨을 푹 내쉬었다.

"아니, 오늘은 내가 벌을 받아서 그래. 그동안 부모님께 내 성적이 형편없이 내려갈 거라고 주장해 왔거든. 그린피스에서 하는 자원봉사 활동 때문에 말이야. 자기 말이 맞으니까 기분이 좋은 거지."

"그러니까 네가 시험에서 '겨우 89점'을 받은 게 나 때문만이 아닌 거네? 다행이다!"

미켈레는 점수를 강조하면서 안도의 한숨을 쉬었다. 테사가 작게 고개를 끄덕이고는 다시 물었다.

"그럼 이번에는 내 차례지? 대체 여기서 뭐 하는 거야?"

"미안해."

뜬금없이 사과가 튀어나왔다. 그런데 이상하게도 말을 내뱉은 순간, 미켈레 스스로도 놀랄 만큼 기분이 좋아졌다.

"프란체스카에게 했던 말 말이야. 그렇게까지 하면 안 됐어."

"이제라도 알았으니 다행이네. 프란체스카한테 꼭 사과해. 사람들을 직설적으로 공격해 봤자 너한테도 좋을 게 없어."

테사가 살짝 웃고는 미켈레의 눈을 곧게 바라보았다.

"그리고 사람들의 비밀을 읽을 수 있는 거 말이야. 어쩌면 좀 더 도움이 되는 쪽으로……, 그러니까 더 좋은 일에 쓸 수 있는 방법을 생각해 봐. 계속 그 말이 하고 싶었어."

"크나큰 오류 때문에 크나큰 책임을 짊어지게 생겼네."

미켈레가 키득거렸다. 하지만 미켈레는 테사의 생각처럼 할 수 있다는 확신도, 그렇게 행동한들 의미가 있을 거라는 확신도 없었다. 다른 사람들의 비밀로 어떻게 좋은 일을 할 수 있을까?

아무튼 테사의 화가 풀어진 것 같아서 미켈레는 기분이 한결 가벼웠다. 지금으로서는 그걸로 충분했다.


5월은 덩크슛처럼 강렬하게 등장해서 4월과 4월의 불안정한 날씨를 깨끗이 날려 버렸다. 눈부신 태양이 집 안에 틀어박혀 있는 1분 1초를 후회하게 만들었다. 그래서 미켈레, 테사, 바질은 공부를 핑계로 종종 공원에 모이게 되었다. 좀 더 정확히 말하자면 테사가 시험이 다가온다며 두 아이를 겁주는 바람에 휘말리

게 된 것이지만.

"테사는 뭘 얼마나 준비해 오기에 이렇게 늦는 거지?"

바질이 몸서리를 치며 미켈레가 초록 모퉁이에서 슬쩍해 온 비스킷을 한입 깨물었다. 두 사람은 어느 때처럼 사람들의 눈에 띄지 않는 야트막한 언덕에 나란히 앉아 있었다.

"테사 선생님이 오지 않으면 우리의 남은 희망은 수백 년 된 저 플라타너스 뿐이야. 지혜로운 나무의 기운을 받는 거지."

미켈레의 농담에 바질이 킬킬거렸다. 그러다가 갑자기 손바닥을 짝 마주쳤다.

"참! 너희 어머니께 우리 엄마들이 준비하는 다문화 식사 모임에 참석하실 수 있는지 여쭤 봤니?"

"어……, 당연하지. 초대해 주셔서 정말 기쁘다고 하셨어."

능청스럽게 대답했지만, 사실은 거짓말이었다. 새카맣게 잊고 있었다. 미켈레는 집에 가면 꼭 물어봐야겠다고 생각하며 바질 몰래 휴대폰 알람을 설정해 두었다.

"그런데 저녁 모임이 언제였지?"

"다음 주 토요일……. 아, 테사다!"

바질이 언덕으로 올라오는 오솔길을 가리켰다. 그 길을 따라 휴대폰을 꼭 쥔 테사가 달려오고 있었다. 왠지 모르게 화가 잔뜩 난 상태였다.

"왜 저러지?"

미켈레는 지난 몇 시간 동안 테사에게 일어났을 만한 일들을 떠올리며, 그중에서 화나게 만들었을 일이 무엇일지 가늠해 보았다. 하지만 테사는 두 사람에게는 눈길도 주지 않은 채 헐떡거리며 벤치에 털썩 주저앉았다.

"사진이……, 프란체스카가……."

가쁘게 숨을 내뱉던 테사가 텀블러를 꺼내 한참이나 물을 마시며 숨을 골랐다.

"프란체스카의 사진이 퍼졌어."

"그게 뭐가 문제야? 프란체스카의 사진이야 하루에도 수십 장씩 올라오잖아."

미켈레가 비스킷을 건네며 물었다.

"이건 달라. 직접 올린 사진이 아니거든. 게다가……."

테사가 주위를 둘러보며 목소리를 낮추었다. 꼭 깨문 입술이 일그러졌다.

"옷을 입고 있지 않은 사진이야."

"……!"

"……어디 봐."

미켈레는 돌처럼 굳어진 바질을 흘낏 바라보고는 테사의 휴대폰 화면을 확인하기 위해 그쪽으로 몸을 돌렸다. 순간, 테사가 매서운 눈으로 미켈레를 노려보았다.

"나한테는 사진 없어. 만약 있다 해도 절대 보여 주지 않을 거고. 개인의 사생활이야. 누군가가 그걸 온라인에 퍼뜨렸다는 문제를 먼저 인식해야 하는 거 아니니?"

날카로운 지적에 미켈레가 어물대며 테사를 바라보았다. 테사는 몹시 화가 나 있었다. 하지만 사진은 이미 올라왔고 모두가 다 보았을 텐데, 자신이 뭘 그렇게까지 잘못한 건지는 이해되지 않았다.

미켈레와 눈이 마주치자 바질이 고개를 살짝 가로저었다. 미켈레 역시 더 이상 상관하지 않기로 결정했다.


휴대폰의 진동음 때문에 잠에서 깼다. 왜인지 알림이 계속 와서 화면이 꺼지지 않은 채 깜깜한 방 안을 환히 비췄다. 미켈레는 눈을 비비며 휴대폰을 집어 들었다. 온갖 알림이 다 와 있는 것 같았다. 틱톡, 브이노트, 인스타그램……. 다 비슷비슷한 일상 공유 앱이었다.

졸음이 쏟아지는 눈으로 각종 이모티콘이 넘쳐나는 채팅창들을 대충 훑었다. 별다른 게 없는 것 같아 다시 자려고 할 때, 마티아와의 채팅창에 사진이 업로드되었다는 알림이 떴다.

그런데 창을 열어 보니 마티아가 올린 건 다름 아닌 미켈레의 사진이었다. 혼자 있을 때면 가끔 장난 삼아 거울을 보며 허세 부리는 모습을 찍은 사진이었다. 이 사진을 마티아가 어떻게 갖고 있는 거지?

미켈레는 황급히 다른 알림들을 확인했다. 모든 곳이 미켈레의 사진으로 가득했다. 탈의실에서 근육을 자랑하려 잔뜩 힘을 주고 찍은 사진, 얼굴에 멍이 들었을 때 찍은 사진……. 짧게 비명을 지르는 순간, 눈이 번쩍 떠졌다.

꿈이었다. 협탁 위의 시계가 여섯 시를 지나고 있었다. 꿈이 맞나 싶어 휴대폰을 확인해 보니 자기 전 그대로였다. 미켈레의 비밀스러운 사진들은 사진첩 안에 안전하게 보관되어 있었다.

정신을 차리기 위해 세수를 하러 욕실로 갔다. 하지만 친구들의 비웃음에 짓눌리던 기분, 그 느낌을 떨쳐 낼 수가 없었다. 온몸이 부들부들 떨렸다. 자신은 고작 꿈에도 이렇게 놀랐는데, 프란체스카는 대체 어떤 기분일까? 게다가 미켈레의 사진은 놀림거리이긴 해도 남들이 보면 안 되는 건 아니었다. 그러니까 프란체스카처럼 나체 사진이 아니라는 뜻이다. 이제 테사가 왜 그렇게 화를 냈는지 알 것 같았다. 자신의 행동은 뭐라고 할 수도 없을 만큼 정말 어리석었다.

잠이 깬 김에 학교에 일찍 도착했더니 교실이 절반쯤 비어 있었다. 그런데 교탁 근처에 둘러앉은 마포와 롭, 루소가 낄낄거리며 뭔가를 보고 있었다. 보이지는 않았지만 설마 하는 생각이 들었다. 무시하고 자리로 가려는데 세 사람이 미켈레를 향해 손짓을 했다.

"어이, 미켈레!"

"너, 프란체스카 사진 봤냐?"

"이거 볼래? 겉보기엔 괜찮더니 생각보다 별로네."

속에서 분노가 치밀어 올랐지만 애써 참으며 이를 악물었다.

"그 사진, 보면 안 돼. 만약 너희 여자 친구 사진이라면 기분이 어떨 것 같아? 네 동생이나 누나라면?"

하지만 세 사람은 미켈레의 말에 도리어 웃음을 터뜨렸다.

"그게 무슨 상관이야?"

"맞아. 이 사진을 보낸 게 바로 루카인데. 정작 당사자인 남자 친구가 아무렇지도 않게 생각하는 걸 내가 왜 걱정해?"

사진을 퍼뜨린 게 루카라는 사실에 놀랄 틈도 없이 롭이 다가와서 휴대폰을 미켈레 눈앞에 들이밀었다. 보지 않으려고 재빠르게 얼굴을 돌렸지만, 얼핏 프란체스카로 보이는 여자아이의 흰 피부를 보고 말았다.

"그만둬!"

미켈레는 버럭 화를 내고 자신을 비웃는 세 아이를 피해 교실 밖으로 나갔다. 씩씩거리며 복도를 걷다가 등교하는 테사와 마주쳤다. 충동적으로 테사를 붙잡아 함께 나가자고 부탁했다. 다행히 테사는 이유를 묻지 않고 미켈레의 말을 들어주었다.

비상계단으로 나와 시원한 공기를 들이마시자 기분이 조금 나아지는 것 같았다. 하지만 화가 완전히 풀린 것은 아니었다.

"왜 그래? 무슨 일 있었어?"

테사가 미켈레의 옆에 앉으며 물었다.

"네가 말한 프란체스카의 사진을 봤어. 아, 일부러 찾아본 건 아니야……."

미켈레는 서둘러 변명을 덧붙이고 깊은 한숨을 내쉬었다.

"제대로 보진 못했지만 아마 그 사진이 맞을 거야. 멍청이 같은 롭이 억지로 휴대폰을 보여 주는 바람에……."

"미켈레……."

테사가 미켈레를 위로하려는 듯 손을 들었다가 내렸다.

"일부러 그런 게 아니라면 네 잘못이 아니야. 게다가 네가 뭘 어떻게 할 수 있는 상태도 아니었잖아."

"그 사진을 퍼뜨린 게 루카라고 했어. 루카는 완전히 개자식 이야. 하지만 너한테 사진을 보여 달라고 했던 나도 만만치 않게 멍청했어."

"내가 화낸 이유를 이제야 이해한 것 같아서 기쁘네. 아무튼 이미 벌어진 일을 우리가 어쩔 수는 없어. 하지만 지금 상황에서 네가 할 수 있는 일은 있지."

미켈레가 의아한 눈으로 쳐다보자 테사가 이어 말했다.

"마이 셀프에서 프란체스카의 상태를 알아보는 거."

그건 당연히 할 수 있는 일이었다. 두 사람은 머리를 맞대고 마이 셀프에서 프란체스카를 찾아보았다. 프란체스카의 프로필 사진은 넝쿨이 우거진 낡고 오래된 건물의 풍경으로 바뀌어 있었고, 그 아래에 이렇게 쓰여 있었다.

수백만 명의 사람들한테 둘러싸여 있어도 외롭기는 마찬가지일까?
하지만 그렇다고 말하는 사람은 아무도 없어.


문득 달콤한 바닐라 향이 났다. 가까이 앉아 있는 테사에게서
나는 것이었다. 잠시 정신이 멍해지면서 상대 선수를 밀쳐 버리
고 싶을 때와 비슷한 충동이 일었다. 물론 테사는 밀치는 것이
아니라 끌어안고 싶은 기분이었지만. 미켈레는 코트 위에서처럼
평정심을 유지하려고 애를 썼다.

미켈레의 눈길을 느꼈는지 테사가 고개를 들었다. 두 사람의
눈이 마주쳤다. 미켈레는 테사가 자신과 같은 생각을 하고 있다
고 느꼈다. 때마침 수업 시작종이 울리는 바람에 두 사람은 말없
이 자리에서 일어나 교실로 돌아갔다.

## 프란체스카를 찾아서

　프란체스카는 학교에 오지 않았다. 일주일 내내, 그리고 그 후로도 계속. 출석부에는 '병결'이라고 표시되었지만, 모두가 그렇지 않다는 걸 알았다. 프란체스카가 학교에 나오지 않은 건 사진이 퍼진 이후였기 때문이다. 인스타그램 계정이 비활성화되기 전까지, 역겨운 댓글도 계속해서 달리던 상태였다.

　그 와중에 프란체스카의 마이 셀프에는 계속해서 낯선 거리와 건물을 찍은 흑백 사진이 올라왔다. 테사는 세스토산조반니 지역의 경계 어딘가 같다고 말했다. 하지만 그 말을 딱히 믿지는 않았다. 모범생들이란 대개 가던 곳만 다니기 마련이고, 테사 역시 동네 밖을 제대로 벗어나 본 적 없는 아이였기 때문이다.

　사진을 퍼뜨렸다는 루카는 평소와 다름없었다. 미켈레는 둘

사이의 일이 궁금하기도 했지만, 왜 이렇게까지 했는지에 대한
분노가 사라지지 않았다.

그 답을 알게된 것은 미켈레네 C반과 루카가 있는 A반의 합
동 체육 수업이 있던 날이었다. 바질과 함께 탈의실 문을 열고
들어가자, 루카가 반 친구 몇 명에게 둘러싸여 앉아 있었다.

미켈레는 루카를 만나면 어떻게 할지 수십 가지의 상황을 상
상했다. 하지만 막상 마주하자 그 많은 상상들은 모조리 날아가
버리고, 저도 모르게 욕이 먼저 튀어 나갔다.

"이 나쁜 자식……."

"뭐? 네 얘기 하냐?"

미켈레가 들어서는 순간부터 내내 노려보고 있던 루카도 지지
않고 벌떡 일어나 맞받아쳤다. 당장이라도 서로에게 달려들 것
같은 일촉즉발의 상황이었다. 하지만 바질이 미켈레를, 다른 아
이들이 루카를 잽싸게 붙들었다.

"걔는 너를 믿었어!"

"맞아, 나도 걔를 믿었지!"

친구들에게 끌려 나가는 루카의 대답이 고요한 탈의실에 메아
리쳤다. 미켈레는 혼자 남아 잠시 씩씩거리다가 탈의실 밖으로
나갔다. 그런데 문 앞에 테사가 불안한 얼굴로 서 있었다.

"탈의실에서 A반 여자애들이 하는 얘기를 들었는데……."

"그런데?"

"화내지 않겠다고 약속해. 아마 사실이 아닐 테니까……."

"알았으니까 얼른 말해. 곧 선생님이 오실 거야."

미켈레는 망설이는 테사를 다그쳤다.

"그러니까 프란체스카의 사진을 퍼뜨린 게 루카인 건 맞는데, 그 이유가…… 프란체스카가 자기를 배신했다고 생각해서래. 게다가 그게 너 때문이고."

"……뭐?"

미켈레는 소리를 버럭 질렀다. 테사는 급히 주위를 두리번거리며 미켈레의 입을 틀어막았다.

"루카는 자기 아버지 일을 너한테 알린 사람이 프란체스카라고 생각하나 봐. 그 사실을 아는 사람은 프란체스카뿐이었으니까. 화내지 않겠다고 약속한 거 잊지 마."

테사가 미켈레의 입에서 손을 떼며 다시 당부했다. 고개를 끄덕이긴 했지만 당황스러움을 감출 수가 없었다. 자신이 던진 아주 작은 돌멩이가 어이없이 큰 파도를 일으켜 코앞까지 다가와 있는 기분이었다.

수업에 도저히 집중할 수가 없었다. 미켈레는 이전에 받아 본 적 없는 아주 낮은 점수를 받았다. 모든 의욕이 사라진 채로 계단에 주저앉아 있자니 죄책감에 점점 더 짓눌리는 것 같았다. 그때 테사가 다가와 옆에 앉았다. 미켈레는 말없이 테사를 바라보았다.

"들어 봐."

잠시 머뭇거리던 테사가 말을 꺼냈다.

"마이 셀프에 프란체스카가 계속 사진을 올리고 있잖아. 잘 보니까 그 사진들에 공통적으로 보이는 게 있더라고. 어쩌면 프란체스카가 자주 가는 곳이 아닐까? 그러면 직접 만나러 가서 얘기해 보고……."

미켈레가 몸을 기울여 뒤쪽 계단에 기대며 고개를 들었다. 테사의 말에도 일리가 있었다. 아무튼 아무것도 하지 않은 채 가만히 있기보다는 나을 터였다.

"그런데 너는 왜 그렇게까지 걔한테 신경을 쓰는 거야? 그 애한테 별소리를 다 들어 놓고."

"그냥 상황이 안타까워서. 그 애 친구들이 자기들 입장만 신경 쓰고 정작 프란체스카한테는 관심이 없다는 걸 알게 됐거든. 나는…… 그게 부당하다고 생각해."

테사가 자기 손을 내려다보며 말했다. 그 표정을 보는 순간, 미켈레는 저도 모르게 손을 뻗어 테사의 머리칼을 쓰다듬으려 했다. 다행히 손이 닿기 전에 얼른 거두었다.

"그럼 오늘부터 당장 찾아봐?"

"나는 안 돼. 해야 할 일이 있거든. 바질에게 부탁해 봐."


바질에게는 앱에 관한 이야기는 빼고 그냥 프란체스카를 찾아

보려 한다고만 얘기했다. 바질은 흔쾌히 응했다. 두 사람은 도장에서 멀지 않은 냉동 창고 건물 근처에서 만났다.

"그런데 넌 테사가 오늘 해야 한다는 일이 뭔지 알아?"

미켈레가 가볍게 질문을 던졌다. 갑자기 생각났다는 듯 최대한 자연스럽게 보이려 애쓰면서.

"글쎄, 데이트인가?"

바질은 이 엄청난 말을 아무렇지도 않게 내뱉고는, 족제비처럼 민첩하게 장애물을 피해 건물 안으로 들어갔다. 말린 대구처럼 구겨진 미켈레의 얼굴은 조금도 신경 쓰지 않는 듯했다.

"그나저나 이런 곳이 있다는 건 어떻게 알았어?"

"전학 온 직후에는 친구가 별로 없었거든. 아니, 사실은 하나도 없었지. 게다가 동생은 나만 따라다니고……. 그래서 아무도 모를 만한 곳을 찾아다니기 시작한 거야."

바질은 2층으로 이어지는 계단 쪽으로 향했다. 미켈레는 뒤에 남아 이 건물의 벽이 프란체스카의 사진 속에서 보인 벽과 같은지 확인해 보려고 몰래 휴대폰을 꺼냈다. 하지만 건물이 어마어마하게 큰 데다, 벽은 온갖 낙서들로 뒤덮여 있었다. 하얀 양떼 속에서 흰색 실 한 오라기를 찾는 꼴이었다.

미켈레는 바질을 따라 2층 밖으로 나갔다. 그리고 발아래로 펼쳐진 덤불로 뒤덮인 땅과 건물들을 바라보았다. 건물들이 어찌나 빼곡한지 지평선이 보이지 않을 정도였다.

"여기에는 없는 것 같네."

주변을 휙 둘러본 바질이 한숨을 내쉬며 휘어진 플라스틱 상자에 앉았다. 미켈레도 그 옆에 대충 걸터앉으며 물었다.

"여기에는 요즘도 와? 뭐 하러?"

"음, 내 인생의 더 울적한 걸 찾기 위해서?"

바질이 낄낄거리며 말하자, 미켈레는 벽에 몸을 기대고 주위를 둘러보았다.

"혹시 시를 쓸 때 오는 거야?"

"기억하는구나! 맞아. 곧 시 경연 대회가 있거든."

바질의 검은 눈이 별처럼 반짝였다.

"시도 경연을 해? 농구처럼?"

"응. 너희는 공으로, 우리는 시로 승부하는 것뿐이야."

그러고는 잠시 목을 가다듬더니 시를 읊기 시작했다.

"그곳에 서서 들어라. 끝없는 인내심으로 내 이야기를 들어라. 위선적인 소년의 보잘것없는 인생 이야기를…… . 장밋빛과 캐러멜 색으로 그려진…… ."

미켈레는 입을 다물지 못했다. 시를 낭송하는 바질은 꼭 다른 사람 같았다. 목소리 톤, 손짓, 심지어 쉬어 가는 부분까지도 계산하여 조절하는 것 같았다. 바질의 목소리에는 뭔가를 느끼도록 만드는 능력이 있었다. 미켈레는 저도 모르게 박수를 쏟아 냈다.

"너를 응원하러 갈게, 경연에. 약속해."

바질은 인구 밀도가 높은 도시에나 있음직한 건물에 살고 있었다. 그 앞에 서 있자니 딱딱하고 네모난, 하지만 밤이 되면 창문마다 불이 켜지는 조금 특이한 도미노를 마주하고 있는 기분이었다.

하지만 건물 안쪽은 눈이 휘둥그레질 만큼 다른 세상이었다. 안뜰은 커다란 무화과나무를 중심에 두고 하늘을 가로지르는 앵두 전구들로 환히 밝혀져 있었다. 나무 주위로는 높이와 모양이 제각각인 식탁들이 알록달록한 식탁보에 덮인 채 테트리스 조각처럼 딱딱 끼워 맞춰져 있었다.

"빨리빨리. 양념을 전해야 요리를 하지."

테사는 바질이 부탁한 물건으로 가득 채운 바구니를 옮기면서 재촉했다. 미켈레도 똑같은 바구니를 들고 있었다. 두 사람은 안뜰을 정신없이 오가는 사람들 무리에 합류했다.

"어서 와! 기다리고 있었어! 너희 엄마는 안 오셨니, 미켈레?"

바질이 가스통을 옮기는 아저씨 뒤에서 불쑥 나타났다.

"곧 오실 거야. 이건 어디에 두면 돼?"

미켈레가 바구니를 가리키며 묻자, 바질이 따라오라며 신호를 보냈다. 부엌은 약간 어둑한 지하에 있었는데, 부드러워 보이는 머리칼을 정수리 위로 바짝 묶은 자그마한 여자아이가 그 앞을 지키고 있었다.

"암호."

여자아이가 한 손을 들며 말했다. 그러고는 미켈레와 테사를 의심스러운 눈으로 바라보았다.

"아미라, 누구든 부엌에는 자유롭게 들어갈 수 있어."

남매가 이탈리아어와 아프리카어를 섞어 가며 싸우기 시작했다. 부엌 안에서 아주머니가 나타나 제지하기 전까지 정신이 하나도 없었다.

"그만! 너희가 보태지 않아도 충분히 시끄럽단다."

그 아주머니가 바질 남매를 떼어 놓고는 테사와 미켈레에게 손을 내밀며 인사했다.

"잘 왔다, 테사. 그리고 네가 그 유명한 전학생이겠구나. 나는 바질의 엄마 키아라란다."

키아라 아주머니가 바구니를 건네받았다. 꽤 무거웠는데도 아주 가뿐하게 받아 들었다.

"수다는 그만 떨고 얼른 호박이나 썰어 줘!"

그사이에 부엌 안쪽에서 요리사용 모자를 눌러쓴 밝은 갈색 피부의 자그마한 아주머니까지 나타났다. 손에 들고 있는 나무 국자가 꼭 지휘자의 지휘봉 같았다.

"얘들아, 어머니께 재료 감사하다고 전해 줘."

아주머니는 아주 빠르게 말하고 다시 부엌 안으로 사라졌다. 곧이어 안에 있는 사람들에게 쉴 새 없이 명령을 내리는 날카로운 목소리가 이어졌다. 바질과 아미라의 또 다른 엄마 중 한 명이라는 것은 묻지 않아도 알 수 있었다.

미켈레와 테사는 조용히 부엌을 벗어나 무화과나무 뒤로 갔다. 단둘이 있게 되자 테사가 조용히 물었다.

"프란체스카를 찾는 일은 어떻게 됐어?"

"실패야. 그건 그렇고 너는 뭐 하느라 못 온 건데?"

미켈레의 질문에 테사가 빨개진 얼굴로 말을 돌렸다.

"몰라도 돼. 그것보다 프란체스카가 마이 셀프에 새로운 사진을 올렸는지나 한번 보자."

'데이트'라는 바질의 말을 농담으로 넘기긴 했지만, 그게 진짜일지도 모른다고 생각하니 왠지 기분이 이상했다. 미켈레가 멍하니 있자, 테사가 미간을 살짝 찡그리며 미켈레의 휴대폰을 가져갔다. 부드럽게 이어지는 테사의 목선을 보니 배 속에서 뭔지 모를 감정이 꿈틀대는 것 같았다.

"세상에……, 안 돼……!"

테사의 외마디 비명에 정신이 번쩍 돌아왔다. 휴대폰을 들여다보았다. 불과 몇 분 전에 올라온 게시물이었는데, 작은 나무다리 위에 서 있는 그림자 사진이었다. 주변 풍경을 보니 공원 같았다.

"이거……, 지금 여기 있다는 뜻이 맞겠지? 이 시각에, 어두운 공원에 혼자?"

몸이 떨렸다. 갑자기 주변의 온도가 훅 내려간 기분이었다.

"이런 모양의 다리는 한두 개가 아닌데……. 어느 다리인지 정확히 알 수 없을까?"

그때 멀지 않은 곳에서 바질의 웃음소리가 들려왔다. 미켈레와 테사가 눈길을 주고받았다. 미켈레의 비밀이 밝혀질지도 모르지만 이제 그런 건 상관없었다. 지금 가장 중요한 건 프란체스카를 찾는 일이었다.

두 사람은 득달같이 바질에게 달려가 휴대폰을 들이밀었다.

"이 다리 알아?"

바질이 놀란 얼굴로 휴대폰을 잠시 뚫어지게 보았다. 그러다이내 사진의 출처를 알아채고는 미켈레를 노려보았다.

"이거……, 프란체스카의 마이 셀프 계정 아니야? 그런데 어떻게 이름이……."

테사가 바질의 팔을 붙잡았다.

"설명은 나중에. 지금은 프란체스카를 찾는 게 먼저야. 프란체스카가 이곳에 혼자 있는 것 같아. 분위기도 심상치 않고. 그러니까 여기 알아, 몰라?"

바질이 잠시 망설이다가 작게 고개를 끄덕였다.

"공원 북쪽이야."

비난의 화살

주변에 보면 부모님들이 가지 말라고 신신당부하는 장소가 몇몇 군데 있다. 미켈레도 잘 알고 있었다. 그중에서도 공원 북쪽은 가지 말아야 하는 장소 가운데서 첫손에 꼽히는 곳이었다.

"일단은 어른들께 알려야……."

바질이 웅얼거리자 미켈레는 재빨리 고개를 저었다.

"부모님이 알게 되면 경찰에 신고부터 하실지도 몰라. 그런데 만약 아무 일도 일어나지 않으면? 그때는 괜히 일만 커질 거야. 네가 어딘지 알고 있는 거라면 우리가 먼저 가 보도록 하자. 도움을 청하는 건 상황을 살펴보고 나서 결정하면 돼."

바질이 침을 삼키며 고개를 끄덕였다.

"알았어, 뒷문으로 가자."

세 아이는 안뜰 구석을 구경하러 가는 척하다가 작은 철문 밖으로 슬쩍 빠져나갔다.

로바니가에 도착했을 때, 자그마한 노란색 버스가 막 떠나는 모습이 보였다.

"앗, 잠깐……!"

미켈레는 당황한 얼굴로 바질을 바라보았다. 물론 바질은 미켈레를 실망시키지 않았고, 재빨리 방향을 바꾸어 따라오라는 신호를 보냈다. 운동 부족인 테사가 숨을 제대로 쉬지 못하자 미켈레가 손을 붙들고 함께 달렸다.

세 사람은 안뜰을 지나 건물을 대각선으로 가로지른 뒤, 다음 정거장에 미리 도착했다. 그리고 아슬아슬하게 버스에 올라탔다. 표가 없었지만 검표원까지 신경 쓸 여유가 없었다.

얼마 지나지 않아 버스가 공원에 도착했다. 미켈레는 프란체스카의 마이 셀프를 다시 열어 보았다. 그사이에 다른 사진이 올라와 있었다. 이번에는 그림자의 주인이 프란체스카라는 게 좀 더 명확히 보이는 사진이었다. 난간 옆에 서 있는 사진 아래에 이런 글이 적혀 있었다.

내가 사라진들 누가 날 그리워할까?

바질과 테사에게는 그 글을 보여 주지 않았다. 대신에 더 빠르게 달리기 시작했다. 공원 북쪽으로 향하는 고가로 올랐다. 낮에는 평화롭기만 한 공원이지만 밤의 분위기는 정반대였다. 침묵 가득한 길에 울려 퍼지는 세 사람의 발소리마저 고요한 어둠 속으로 잠식되는 것 같았다.

얼마나 달렸을까? 한참 뒤처져 있던 테사가 끝내 멈춰 섰다.

"더 이상 못 가겠어. 너희끼리 먼저 가."

"너 혼자 두고 갈 수는 없어. 바질, 다리까지 가는 길을 설명해 주면 내가 먼저 갈게. 너는 테사랑 같이 와."

바질이 고개를 끄덕이며 손가락으로 앞쪽을 가리켰다. 미켈레는 바질이 가리키는 방향으로 달리기 시작했다. 숨이 턱 끝까지 차올랐지만, 이런 상태를 처음 겪는 것은 아니었다. 미켈레는 경기 때의 경험으로 몸이 느끼는 피로감이 머리의 명령임을 잘 알았다. 실제로 몸은 항상 조금씩 더 버텨 주곤 했다.

몇 분쯤 더 가자 작은 다리가 눈앞에 나타났다. 미켈레는 잠시 걸음을 멈추고 숨을 몰아쉬었다. 기둥을 타고 올라온 담쟁이덩굴에 가려 잘 구별되지 않았지만, 그곳에 프란체스카가 있는 게 보였다. 난간 옆에 몸을 잔뜩 웅크리고 앉은 채.

미켈레가 다가가자 프란체스카가 고개를 들었다.

"미켈레? 너, 맞아? 그런데…… 여기서 뭐 하는 거야?"

목소리에 힘이 없었다. 오랫동안 울었는지 빨갛게 부은 눈이 핏기 없는 얼굴과 대조되어 더욱 두드러졌다.

"어……, 달리기 연습 중이야. 생각할 게 있을 때면 가끔 오는 곳이거든."

대충 둘러대고는 어색하게 웃었다. 프란체스카 역시 크게 의심하지 않고 살짝 고개를 끄덕였다. 미켈레가 속으로 한숨을 내쉬고 있을 때, 갑자기 프란체스카가 말을 꺼냈다.

"혹시 봤니? 사진."

말문이 턱 막혔다. 대답을 고민하고 있는데, 프란체스카가 다시 말을 이었다.

"당연히 봤겠지, 전 세계 사람이 다 봤을걸."

너무나 씁쓸한 말투에 미켈레는 어찌할 바를 모른 채 웅얼거렸다.

"……루카가 그런 짓을 한 게 나 때문이라고 들었어. 그 불똥이 너한테 튈 줄은 몰랐어. 예상 못 한 일이지만 내 잘못이 없지는 않다고 생각해. 미안."

하지만 프란체스카는 대답 없이 팔로 무릎을 감싸고 그 사이에 얼굴을 묻었다. 미켈레는 잠시 머뭇거리다가 프란체스카에게 다가가 말을 이었다.

"그렇다고 이상한 생각은 하지 않았으면 좋겠어. 네가 없어지면 분명히 널 그리워할 사람이 있을 거야. 안나나 네 부모님 같은 분들 말이야."

"그럴지도 모르지. 하지만 안나가 날 친구로 여기는 건 내 팔로워들 때문이야. 게다가 부모님은 내가 루카와 사귄 후로 말도 하지 않으셔."

"어……, 다른 친구들도 있잖아. 내 말을 믿을지 모르겠지만, 나는 네가 어디로도 가지 않았으면 좋겠어."

"바보 같긴. 네가 나에 대해 뭘 안다고."

미켈레를 물끄러미 바라보던 프란체스카가 고개를 돌리며 중얼거렸다. 하지만 표정은 조금 전보다 많이 풀어져 있었다. 이대로 문제가 잘 해결되는 듯싶었다. 그러나 그것도 잠시뿐이었다. 프란체스카의 표정이 움칠하더니 순식간에 목소리가 낮아졌다.

"잠깐만……. 그런데 너, 내가 그렇게 생각했다는 걸 어떻게 알았어?"

공원 북쪽, 고가 아래의 도로에는 밤이 되어도 끊임없이 차들이 지나갔다. 자동차 엔진음이 이어지면서 전조등이 어슴푸레하게 도로를 비추며 흔들렸다. 하지만 두 사람 사이에 흐르는 침묵은 그 모든 소음을 압도했다.

미켈레는 프란체스카의 시선을 피하려 애썼다. 하지만 프란체스카는 미켈레에게서 눈을 떼지 않았다.

"내가 마이 셀프에 쓴 글인데 네가 어떻게 알고 있냐고!"

프란체스카의 목소리가 점점 날카로워졌다. 변명할 말이 없었다. 곧 프란체스카도 모든 걸 알게 될 것이다. 마이 셀프에 대해서도, 미켈레가 모두의 비밀을 알고 있다는 것도.

그때 테사와 바질이 도착했다. 프란체스카가 놀라서 벌떡 일어났다.

"너희……? 너희는 어떻게 여기 온 거야?"

바질이 목덜미를 긁적이며 당황스러운 미소를 지었다.

"아……, 미켈레가 네가 올린 다리 사진을 보여 주었어. 그게 이 공원 북쪽에 있는 다리라는 걸 알았고……. 나도 자주 오는 곳이거든."

바질의 얼굴이 새빨개진 것은 달려왔기 때문만은 아니었다. 원래 프란체스카와 복도에 같이 서 있기만 해도 가슴이 뛴다며 호들갑을 떨었으니까. 그리고 그럴 때마다 과하다 싶을 정도로 당황하곤 했다. 꼭 지금처럼 쓸데없는 말까지 늘어놓으면서. 바질도 아차 싶었는지 급히 입을 다물며 미켈레의 눈치를 살폈다.

프란체스카의 몸이 한껏 움츠러들었다. 눈에는 경계심이 가득했다.

"그러니까 너희 모두 내 마이 셀프 계정을 본 거구나? 여기 있다는 것도 그걸로 안 거야."

프란체스카의 목소리가 들리지도 않을 만큼 작아졌다.

"미켈레가 네 걱정을 많이 했어."

테사가 끼어들었다. 금방이라도 기절할 것만 같은 얼굴로 숨을 헐떡이긴 했지만, 걱정이 가득 담긴 말투였다.

"그리고 우리는 사진 말고는 아무것도 보지 않았어."

"너희는 아니더라도 쟤는 다 읽은 게 맞는 거네?"

프란체스카가 집요하게 따지자, 미켈레도 시인을 할 수밖에 없었다.

"맞아, 그랬어. 하지만 결과적으로는 잘한 일이었다고 생각해. 그렇지 않았다면 너에 대해 정말로 몰랐을 테니까."

미켈레는 꽤 단호하게 말했다. 그런데 그 순간, 침묵을 깨며 부르릉대는 소리가 요란하게 울려 퍼졌다. 도로를 지나가는 차는 아니었다. 바질의 주머니에서 들려오는 소리였다. 아이들의 시선이 집중되자 바질의 귀가 새빨개졌다.

바질이 죄인 같은 얼굴로 휴대폰을 꺼내 전화를 받았다.

"네, 엄마……. 아니요. 네, 죄송해요. 네……, 나중에 다 설명할게요. 잠깐만요. 위치 보낼게요."

바질이 어두운 표정으로 전화를 끊고는 난감하다는 듯 아이들을 돌아보았다.

"내 동생이 우리가 나가는 걸 보고 엄마들께 말씀드렸나 봐. 지금 데리러 오시는 중이래. 어……, 일단 내려갈까?"

아이들은 말없이 바질이 가리키는 계단으로 걸어갔다. 어쨌든 이 공원은 밤중에 모여 잘잘못을 따지기에 적합한 장소는 아니었다.

물론 바질 엄마의 자동차도 모두가 타기에는 적합하지 않았다. 아이들은 별수 없이 거의 겹치듯 달라붙어 앉아야 했다.

어쩌다 보니 미켈레 옆에 테사가 앉았는데, 뼈가 툭 불거진 테사의 무릎이 미켈레의 허벅지를 쿡쿡 찔렀다. 그와 동시에 바질 엄마의 잔소리가 가는 내내 이어졌다. 미켈레는 예상치 못한 신체 접촉과 호된 잔소리에 혼이 쏙 빠지는 것 같았다.

하지만 고통은 거기서 그치지 않았다. 바질네 집 안뜰에 들어서자마자 그들을 기다리고 있던 부모님들의 질책이 쏟아졌다. 어른들은 한참이나 아이들을 꾸짖은 후, 감시라도 하려는 듯 가운데 놓인 테이블에 나란히 둘러앉게 했다. 그리고 김이 모락모락 나는 쿠스쿠스(밀가루를 손으로 비벼서 만든 좁쌀 모양의 알갱이에 고기나 채소 스튜를 곁들여 먹는 북아프리카 전통 요리—옮긴이)를 남김없이 먹으라는 명령까지 내렸다.

"오늘 저녁에는 엄청난 일을 저질렀으니 남기지 말고 다 먹어. 그리고 프란체스카는 어서 부모님에게 연락드리고."

어른들이 엄포를 놓고 자리를 떴다. 조용히 그 모습을 보던 프란체스카가 말했다.

"어차피 우리 부모님은 내가 친구 집에 있다고 생각하실 텐데. 아무튼 바질, 너희 엄마들은 정말 좋으신 분들이야. 잔소리가 좀 심하신 것 같지만 뭐, 괜찮아……."

프란체스카의 말에 모두가 웃음을 터뜨렸다. 긴장이 살짝 풀어졌다.

"이제 좀 괜찮아?"

쿠스쿠스를 억지로 다 먹은 후, 미켈레가 프란체스카에게 물었다. 프란체스카는 말없이 고개를 끄덕였다.

"그런데 혼자 왜 거기 있던 거야? 정말로 이상한 생각을 했던 건 아니지?"

미켈레가 다시 물었다. 테사가 팔꿈치로 옆구리를 푹 찔렀지만 이미 질문을 내뱉은 뒤였다.

"지난 몇 주는 지옥 같았어."

다행히 프란체스카는 괜찮다는 듯 슬쩍 웃어 보인 뒤 덤덤하게 속마음을 털어놓았다. 네 사람이 있는 테이블은 부모님들과는 멀리 떨어져 있어서 들릴까 봐 걱정할 필요는 없을 것 같았다.

"네가 루카 아버지에 대해 폭로한 그날부터 그 애는 나를 의심하기 시작했어."

프란체스카는 팔짱을 끼며 한숨을 내쉬었다.

"비밀을 얘기한 게 나라고 굳게 믿었거든. 그 사실을 아는 사람이 나밖에 없었으니까. 그래서 복수하려고 자기 친구들에게 내 사진을 보낸 거야. 싫은데도 억지로 찍은 사진인데, 멍청하게 왜 그랬는지……. 그때는 그렇게 해야 내가 루카를 배신하지 않는 거고, 여전히 그 애를 좋아한다는 걸 증명한다고 생각했어. 그게 이렇게 퍼지리라고는 상상도 못했지……."

테사가 위로하려는 듯 한 손을 프란체스카의 어깨에 올려놓았다. 미켈레는 아무 말도 하지 못했다. 바질도 조각상처럼 꼼짝하지 않았다.

"테사, 비코카에서 했던 말은 미안해. 그때는 내가 좀 예민한 상태였어."

테사의 마음이 전해졌는지 프란체스카가 울먹거리며 사과를 건넸다. 그런데 별안간 프란체스카의 표정이 바뀌었다.

"하지만 너는 모르겠어. 네가 루카의 비밀을 얘기하지 않았다면 애초에 이런 일은 일어나지 않았을 거라는 생각이 계속 들어."

미켈레는 느닷없이 날아와 꽂힌 비난의 화살이 당황스러웠다. 프란체스카의 갑작스러운 감정 변화를 도저히 따라갈 수가 없었다.

"이제 와서 또 왜 그래? 그 얘기라면 아까 미안하다고 사과했잖아. 내가 뭘 더 어떻게 해야 해?"

"그래도 마음이 풀리지 않는데 어떡해! 사과만으로는 해결되지 않는 일도 있는 거잖아."

프란체스카가 동의를 구하는 것처럼 바질을 바라보았다. 그 눈빛에 바질이 곤란한 얼굴로 고개를 끄덕였다. 속에서 화가 치밀었지만, 미켈레는 아무 말도 하지 않았다.

"……일단은 눈에 안 보이는 게 좋겠네. 난 뒷정리를 도우러 가도록 할게."

미켈레는 잠깐의 침묵 뒤에 식탁에서 일어났다. 그러고는 아이들을 피해 부엌으로 가서 산더미처럼 쌓인 설거지거리 앞에 섰다.

수도꼭지를 틀고 차오르는 물속에 두 손을 집어넣었다. 물이 점점 뜨거워졌지만 그런 걸 느낄 새가 없었다. 미켈레는 그저 죄책감을 느끼던 때보다 더 최악이 되어 버린 지금, 잘못을 되돌리기 위해 애써 했던 행동들이 결국 용서받는 데 하나도 도움이 되지 않은 이 상황을 어떻게 받아들이면 좋을지 고민했다.

"바질한테는 화내지 마."

언제 쫓아온 건지 테사가 말을 건넸다.

"바질은 테사를 좋아하니까 어쩔 수 없이 동의한 거야."

"무슨 소리야? 바질한테가 아니고 나 자신한테 화가 난 거야. 그동안 한 게 헛짓거리였으니까."

미켈레는 짧게 대답한 후, 달그락거리며 접시를 닦기 시작했다. 그때 주머니에 넣어 둔 휴대폰에서 진동이 느껴졌다.

"미안하지만 휴대폰 좀 꺼내 줄래? 전화가 온 것 같은데 손을 닦을 만한 게 안 보여서."

말을 하고 난 뒤에 휴대폰이 뒷주머니에 꼭 끼어 있다는 게 생각났다. 그렇거나 말거나 테사는 손끝조차 스치지 않고 휴대폰을 쏙 꺼냈다.

"너희 아버지께서 문자 메시지를 보내셨네. 선수권 대회 결승

전에서 뛰어 달라고 하시는데?"

테사의 얼굴이 갑자기 빨개졌다.

"앗, 미안. 나도 모르게 내용을 읽어 버렸어."

"상관없어."

미켈레는 대수롭지 않게 대꾸했다. 그런 문자 따위야 누가 봐도 상관없었다.

"그럼 다행이고. 그런데 전학 왔는데도 예전 팀에서 경기를 할수가 있어?"

"응, 선수권 대회 선수 등록은 한번 해 두면 일 년간은 그 팀 선수로 뛸 수 있어."

"그래서…… 넌 예전 팀으로 다시 뛰고 싶니?"

미켈레가 수도꼭지를 잠그고 잠시 테사의 눈을 보았다. 그리고 휴대폰을 가리켰다.

"나 대신 그러겠다고 답장 좀 써 줘."

## 마지막 승부

"엄마, 늦었어요!"

"네 시에 시작하는 거 아니었어?"

미켈레는 안전벨트를 미리 풀며 엄마를 재촉했다. 하지만 엄마는 세 번이나 시도한 끝에 겨우 주차 선 안에 차를 맞춰 세웠다.

"맞아요. 하지만 몸도 풀어야 하고, 그 전에 또⋯⋯."

미켈레는 말도 마치지 않고 차에서 내렸다. 그런데 고개를 돌리는 순간, 주차장 입구의 노란 기둥 앞에 앉아 있는 마티아가 보였다. 미켈레는 어정쩡하게 서서 마티아를 바라보았다. 옆구리에서 흔들리는 가방이 갑자기 무겁게 느껴졌다.

"엄마는 관중석으로 갈게, 스파티필룸. 오늘 잘해, 얘들아."

엄마가 자동차 문을 닫으며 눈치 없이 큰 목소리로 말했다. 그

소리에 마티아가 숙이고 있던 고개를 번쩍 들었다. 마티아는 체육관으로 들어가는 엄마를 향해 손을 흔든 뒤 미켈레에게 천천히 다가왔다. 그러고는 주머니에 손을 넣어 빨간 천을 꺼냈다.

"잘 돌아왔어, 주장."

그 천은 오랫동안 보병 팀의 주장들에게 전해 내려오는 손목 끈이었다. 미켈레 아버지가 선수였던 시절, 이탈리아 선수권 대회에서 우승했을 때의 깃발을 꿰매어 만들었다는 전설과 함께. 물론 겉보기에는 그저 낡은 천일 뿐이었지만.

미켈레가 손목 끈을 받아 묶으며 물었다.

"날 부르자는 건 네 생각이었어, 아니면 우리 아버지?"

"팀원 모두의 생각. 네 실력이 예전 같아야 할 텐데 말이야."

마티아가 평소처럼 장난스럽게 윙크를 하는 바람에 미켈레도 심각하게 대할 수 없었다.

"기억 안 나나 본데……. 이시도라 집에 갔던 날, 너는 날 쫓아오지도 못했잖아. 그걸 굳이 내가 다시 강조해야 해?"

농담 삼아 건넨 말이었는데, 마티아는 그날의 다른 일이 떠올랐는지 얼굴이 굳어졌다.

"그날은 이시도라도, 우리도 네 걱정을 많이 했어."

"그때 일은 잊어버려. 그건 그렇고 공식적인 거야? 둘이 사귀는 거?"

미켈레는 불현듯 이런 질문을 하는 자신의 마음이 아무렇지도 않다는 것을 깨달았다. 그날처럼 배 속이 뒤틀리는 기분도 아니었고, 그저 '밥 먹었냐?'고 질문할 때와 똑같아서 스스로도 조금 놀랐다.

마티아가 무겁게 고개를 끄덕였다.

"미리 말하지 못해서 미안해……. 이시도라의 일도, 우리 엄마와 네 아버지의 일도. 어떻게 말을 꺼내야 할지 모르겠어서."

"괜찮아. 내가 너라도 똑같이 했을 거야, 아마도. 아무튼 그 얘기는 여기서 끝내자."

미켈레가 체육관 쪽으로 몸을 돌리며 어깨를 으쓱했다. 그러고는 고개를 들어 눈길이 닿는 한도 내에서 최대한 멀리 시선을 던졌다. 저 하늘 너머에 있을 우주에는 공기가 없다. 즉, 가슴속 분노에 불을 지필 만한 산소가 없는 셈이다. 그렇다면 우주에서는 항상 평정심을 유지할 수 있을까? 그저 가만히 있으면 모든 게 잘 풀릴 거라고 믿으면서 말이다.

"발드리기, 타데이! 매번 붙어 다니느라 지각하는 건 달라지지를 않는구나."

체육관에 거의 도착했을 때, 입구에서 두 사람을 지켜보고 있던 아버지와 마주쳤다.

"죄송합니다."

마티아가 걸음을 재촉하면서 말했다. 공적인 자리에서 다른 선수들처럼 성으로 불리는 것, 아버지를 감독이라고 부르는 것은 두 사람 사이의 규칙이었다. 경기장에서, 특히 경기가 시작되기 전 집중해야 할 때는 아버지와 아들이 아니라 철저히 감독과 선수 관계로서 말이다. 미켈레는 마티아를 따라 아버지에게 고개를 살짝 숙이고 탈의실로 달려갔다.

옷을 갈아입고 선수석으로 가자, 모두가 박수를 치며 미켈레를 반겨 주었다. 심지어 포옹을 하고, 끌어당기고, 애정을 표하며 주먹으로 톡톡 때리기까지 했다. 오랜만의 환대가 어리둥절했지만 기분이 나쁘지는 않았다.

"야, 미켈레. 너, 골대가 어떻게 생겼는지 기억은 나냐?"

"그새 슛하는 법을 잊어버린 건 아니겠지?"

미켈레도 피식 웃음을 터뜨리며 반격을 가했다.

"그런 것쯤은 눈 감고도 하니까 걱정 끄셔."

뒤쪽에서 자신을 바라보고 있는 아버지와 눈이 마주쳤다. 두 사람은 잠시지만 눈을 피하지 않고 눈빛을 교환했다. 이내 아버지가 힘차게 호루라기를 불었고, 선수들은 일사분란하게 흩어져 준비 운동을 시작했다. 곧 경기가 시작될 것이다.


농구공에 닿는 손가락이 불에 덴 것처럼 뜨거웠다. 스치는 공의 느낌, 덜컹이는 골대, 삐걱거리는 바닥의 마찰음……. 이 모든 것이 너무나도 그리웠다. 미켈레는 교체를 거부하고 마지막 쿼터까지 버티기로 했다. 온몸의 힘이 다 빠져나간 것처럼 무겁고 피곤했지만, 그와 동시에 느껴지는 행복한 기분은 정말로 오랜만이었다.

보병 팀의 공격 차례였다. 동료들은 이미 수비 대형을 갖춘 상대 선수들의 구역까지 달려가 있었다. 등 번호 2번을 달고 있는 보쏘니가 공을 패스하기 위해 마크받고 있지 않은 동료를 찾아 두리번거렸다. 그 모습을 본 미켈레가 앞으로 달려 나갔다.

코트 오른쪽에서 팔을 흔들어 패스하라는 신호를 보냈다. 하지만 보쏘니의 시선은 반대편에 있는 마티아를 향해 있었다. 머뭇거리는 사이, 공격권이 상대편으로 넘어갔다.

오늘의 상대 팀인 주스티니 중학교의 '삼각 모자' 군단이 공을 몰아 속공을 시도했다. 마티아가 재빨리 쫓아가 블로킹하려다가 슛라인 안쪽으로 들어온 상대편 선수를 밀치고 말았다. 심판이 그 모습을 놓치지 않고 곧장 호루라기를 불어 파울을 선언했다.

"안 돼!"

마티아가 울부짖었다. 미켈레는 마티아가 팀에서 가장 뛰어난 실력을 갖고 있다고 믿어 의심치 않았다. 특히 공을 다루는 기술은 마티아를 따라올 사람이 없었다. 다만 힘이 약한 것이 문제였다. 마티아에게 집중적으로 달라붙는 걸 보니 상대 팀도 그 사실을 파악하고 있는 게 분명했다.

"괜찮아. 동점이 되어도 남은 시간 동안 2점은 충분히 낼 수 있어. 다음 공격에서 점수를 내고 경기 종료까지 버티자."

미켈레가 땀으로 흠뻑 젖은 마티아의 등을 가볍게 때리며 격려를 건넸다. 마티아도 그제야 정신을 차렸는지 미켈레를 보며 슬쩍 웃었다. 두 사람은 주먹을 맞댄 뒤, 상대 팀의 자유투 이후를 준비하기 위해 골대 밑으로 향했다.

휘익. 첫 번째 공이 순조롭게 들어갔다. 탕. 두 번째 공은 백보드 가장자리에 맞았다가 링에 부딪혔다. 미켈레가 튕겨 나오는 공을 가로채기 위해 위로 튀어 올랐다. 그리고 여유롭게 한 손으로 공을 낚아챈 뒤, 상대 선수들로부터 잽싸게 멀어졌다.

"다들 제자리로 가!"

미켈레가 비어 있는 다른 손으로 상대편 골대를 가리키며 동료들을 향해 외쳤다. 경기 종료까지 38초나 남아 있었기 때문에 24초의 공격 제한 시간을 최대한으로 써야 했다. 미켈레는 이를 악물고 빠르게 머리를 굴렸다.

센터 라인을 따라 달리면서 등 번호 12번의 체루티에게 공을 패스했다. 견고한 수비에 막힌 체루티가 미켈레에게 다시 공을 패스했다. 미켈레는 3점 슛 라인 근처에 서서 드리블하며 잠시 숨을 골랐다. 3점 슛을 시도하고 영웅이 될까? 자신의 손끝에서 모든 것이 달라질 수 있는 순간이었다.

그때 안쪽에 있는 마티아가 보였다. 방금 전의 실수를 만회하고 싶은지 잔뜩 힘이 들어간 모습이었다. 게다가 상대 팀의 그 누구도 마티아에게 신경 쓰고 있지 않은 절호의 기회였다.

미켈레가 숨을 들이마시며 골대 쪽으로 몸을 틀었다. 마티아에게 이번 기회까지 넘길 것인지 고민했다. 마티아는 아버지와 이시도라를 차지했고, 자신이 다시 전학 오지 않는 한 주장 자리마저 갖게 될 터였다. 마치 모든 빛을 삼켜 버리는 블랙홀처럼. 그사이 남은 공격 제한 시간이 4초를 가리켰다.

미켈레는 더 고민하지 않고 공을 던졌다. 공은 완벽한 포물선을 그리며 미켈레의 목표 지점, 그러니까 마티아에게 정확히 닿았다. 마티아의 손으로 들어간 공은 곧장 골대로 날아가 보병 팀 스코어에 2점을 더했다. 역전이었다. 관중석과 선수석에서 환호가 터져 나왔다.

하지만 경기는 아직 끝나지 않았다. 남은 15초가량을 위해 삼각 모자들이 달리기 시작했다. 보병 팀 선수들은 링 주변에 바싹 달라붙어 상대편 선수들이 다가오지 못하도록 방어했다.

10초. 흥분한 관중석에서 들리는 소리에 귀가 먹먹했다.

7초. 상대 팀의 8번 선수가 빈틈을 파고들어 링을 향해 돌진했다. 미켈레는 마지막 힘을 끌어모아 쏜살같이 달려 나갔다. 그리고 8번의 슛과 함께 뛰어올라 손을 힘껏 뻗었다.

3초. 손끝에 공이 걸렸다. 공이 반대편으로 멀리 날아갔다. 그와 동시에 심판의 경기 종료 휘슬이 울렸다. 체육관의 모든 소리가 일순 사라졌다가, 이내 폭발하듯 터져 나왔다.

보병 팀이 승리했다.

선수들이 한데 뒤엉켰다. 심지어 아버지도 그 무리에 합류했다. 질책도, 한숨도 없었다. 지금 이 순간에 있는 것은 오직 승리의 기쁨뿐이었다.

미켈레는 동료들로부터 슬쩍 빠져나와 마티아를 끌어당겼다. 마티아가 미켈레를 보며 환히 웃었다.

"멋진 어시스트였어."

"고마워. 너도 멋진 슛이었어, 주장!"

미켈레가 손목에 차고 있던 빨간색 끈을 풀어 마티아에게 건넸다. 마티아의 눈이 휘둥그레졌다.

"이걸 왜? 설마 너……, 국가 대표로 안 뛸 거야?"

"당연하지. 주장은 코트 위에서 팀을 이끌고 어떤 훈련에든 빠지면 안 되잖아. 게다가 경기장에 가장 먼저 오고 가장 마지막에 나가야 하지. 그러니 네가 이걸 갖는 게 더 나아."

미켈레의 말에 마티아가 얼굴을 잠깐 찡그렸다가 이내 활짝 웃었다. 주장 끈은 마티아 말고 누구에게도 건넬 수 없었다. 미켈레의 어시스트를 받아서 냉정하게 성공시킨 마티아가 최고의 주장이라는 것에는 의심할 여지가 없었다.

미켈레는 뒤로 비켜나 동료들을 차례로 바라보았다. 유니폼을 한껏 끌어 올려 훌쩍이는 보쏘니를 보았다. 여전히 일어나지 못한 채 바닥에 뻗어 있는 루제리를 보았다. 땀 냄새를 질색해서 늘 팀원들로부터 한 발짝 떨어져 있는 체루티도 보았다. 그리고 빨간 끈이 묶인 손목을 치켜드는 마티아까지 보았다.

친구들의 기분이 느껴졌다. 그들이 지금 무슨 생각을 하며, 무엇을 원하고 있는지 생생하게 알 것 같았다. 미켈레의 우주는 한 발 뒤로 물러난 만큼 넓어졌고, 그만큼 더 많은 별을 빛나게 할 수 있었다. 바보 같은 마이 셀프 앱 없이도 말이다.

"잘했어, 미켈레! 오늘은 특히 더 대단하더라!"

그때 관중석에서 엄마 목소리가 들렸다. 고개를 돌리니 환한 얼굴로 손을 흔드는 엄마가 보였다. 엄마 눈이 반짝였다.

"오늘 같은 저녁에는 PP를 하면 되는 거지? 이제 엄마도 그게 뭔지 알아. 그런데 조금 전에 네 아빠하고 이야기했는데, 오늘은 주말이기도 하니까 아빠 집에 가는 게 어떨까? 네가 원한다면 앞으로의 주말도 그렇고."

눈이 절로 뜨일 만큼 깜짝 놀랐다. 엄마가 미켈레를 별명이 아닌 원래 이름으로 불러서이기도 했지만, PP의 뜻과 의미를 알아챘을 거라고는 전혀 예상치 못해서였다. 오늘도 유기농 시리얼을 먹으며 넷플릭스나 볼 거라고 생각했는데······.

뭐라고 대답하기 위해 입을 달싹였지만, 엄마는 어느새 몰려든 군중들 뒤로 사라지고 없었다. 의아한 마음에 뒤를 돌아보니 우승컵을 든 마티아가 미켈레를 바라보고 있었다. 그 옆에는 아버지와 팔짱을 낀 마티아 엄마까지.

엄마가 부리나케 사라진 이유를 알 것 같았다. 한숨을 내쉬었다. 지난 몇 주 사이에 많은 것이 변했다. 물론 그중에서 가장 심하게 변화를 겪은 것은 미켈레 자신이었다. 하지만 오늘은 왠지 그 변화가 예전만큼 나쁘게 생각되지는 않았다.

선반마다 화분이 가득했던 부엌에서는 이제 소독약 냄새가 났다. 앞으로 이곳은 마티아 엄마의 구역이었다. 마티아가 샤워를 하러 간 사이, 미켈레는 테라스로 이어진 계단을 올랐다. 그곳에 아버지가 있다는 것을 잘 알았다. 아버지는 경기가 끝나고 나면 항상 테라스 소파에 앉아 그날의 작전을 검토하곤 했다. 그것은 아버지만의 의식이었다.

"감독님이라고 부를까요, 아니면 아버지라고 부를까요?"

아버지가 옆에 있는 새하얀 쿠션을 톡톡 치면서 가까이 오라고 고갯짓을 했다.

"오늘은 어땠니? 어떤 경기를 한 것 같아?"

미켈레가 피식 웃었다. 그러고는 점수 기록판을 넘겨받아 각 쿼터별로 써 놓은 분석을 찬찬히 읽어 보았다.

"제 약점은 약한 지구력과 호흡이에요. 중간에 교체하지 않겠다고 고집부린 걸 꾸짖으시려는 거죠?"

아버지의 회색 눈동자에 복잡한 감정이 떠올랐다. 미켈레는 그 감정을 읽으려고 애썼다. 하지만 아버지는 예상외로 금세 표정을 풀고 미켈레를 보며 웃었다.

"천만에. 오늘은 네 결정이 옳았어. 자신의 컨디션을 정확히 파악하는 건 훌륭한 선수로서의 능력 그 이상의 것이야. 언젠가는 네가 내 감독 자리를 차지할 수도 있겠구나."

"지금 제가 플레이 메이커로서의 자질은 부족하다고 돌려서 말씀하시는 거예요?"

미켈레의 농담 섞인 말에도 아버지는 진지한 얼굴로 미켈레를 마주 보았다.

"너는 틀림없는 다윗이야."

미켈레는 예상치 못한 답에 말문이 턱 막히고 말았다.

"머리를 쓰는 플레이어지. 예전에는 오로지 골을 넣는 것에만 집착하더니, 오늘은 동료들과 경기 상황을 냉정하게 파악하는 것 같더구나."

말을 마친 아버지가 파일을 탁 소리가 나게 닫고는 멀찌감치 밀어 놓았다. 그리고 미켈레를 돌아보며 말했다.

"자, 그러면 이제 감독으로서의 일은 그만하고 아버지로 돌아와서…… 어떻게 지내는지 좀 들어 보자."

그동안 미켈레의 일상을 궁금해하는 건 엄마의 일이었다. 그래서 아버지에게도 뭔가 변화가 일어났다는 것을 알아채기까지는 시간이 좀 걸렸다. 하지만 그 변화는 생각보다 어색하지 않았다.

미켈레가 새 학교와 친구들에 대해 이런저런 이야기를 전하고 마무리할 무렵, 밖에서 유리문을 두드리는 소리가 들렸다. 피자가 도착했다는 신호였다.

"마지막으로 하나 더, 미켈레."

아버지가 자리에서 일어나며 미켈레 앞에 섰다.

"경기가 끝나고 한 행동은…… 정말로 주장다웠다. 네가 보병 팀의 손목 끈을 마티아에게 주었다는 거 알아. 네가 정말로 자랑스럽구나."

가슴속에서 뭔가가 울컥 치밀어 올랐다. 아버지에게 '자랑스럽다'는 말을 들은 건 처음이었다. 누구보다 득점을 많이 했을 때도, 코트 중앙에서 3점 슛을 던져 성공시켰을 때도 듣지 못했던 말이었다. 눈물 때문에 눈앞이 흐릿해지고 심장이 쿵쿵 뛰는 게 느껴졌다. 오늘은 왠지 '타데이 감독'이 아닌, '아버지'와 피자 파티를 할 수 있을 거라는 생각이 들었다.

## 비밀 작전

**위험! 넘어가지 마시오.**

　사용하지 않는 낡은 주차장 출입문 앞에 노란색 경고문이 붙어 있었다. 하지만 미켈레는 그 문구를 무시한 채 안으로 들어갔다. 이곳은 프란체스카를 찾으러 다닐 때 바질과 함께 왔던 곳인데, 그때 본 바로는 위험할 게 하나도 없었다.

　정오를 막 지난 터라 넓게 트인 공간으로 강렬한 햇살이 쏟아져 들어왔다. 2층으로 이어지는 나선형 계단을 올라가니, 텅텅 빈 공간 한 가운데에 미켈레 또래의 아이들이 무리지어 앉아 있는 것이 보였다. 앞에서는 짧은 머리의 여자아이가 탬버린을 한창 연주하고 있었다. 미켈레는 그 속에서 테사를 발견하고 옆에 앉으며 작게 물었다.

"혹시 바질 차례 지났어?"

테사의 눈이 휘둥그레졌다. 마치 오후의 빛이 만들어 낸 기적이라도 보는 것처럼 미켈레에게서 눈을 떼지 못했다.

"아니, 아직. 그런데 여기는 웬일이야? 아버지 집에 간 거 아니었어?"

"바질에게 경연을 보러 오겠다고 약속했거든."

미켈레는 작게 속삭이고 탬버린 연주에 집중했다. 아니, 사실은 집중하는 척을 했다. 탬버린 박자보다 심장이 더 빨리 뛰어서 도저히 진정할 수가 없었다.

테사와는 지난번 북쪽 공원 사건 이후 아주 오랜만에 가까이 있게 된 거라서 하고 싶은 이야기가 많았다. 하지만 뭔가가 계속 걸렸다. 바질이 얼핏 꺼냈던 테사의 남자 친구 때문인 것 같기도 했다. 테사는 워낙 신중한 성격이라 남자 친구에 관해 떠벌리지 않는 게 놀랄 일도 아니어서 더욱 그랬다.

"프란체스카는 어때? 연락은 안 해?"

미켈레가 앞의 무대에 집중하려고 애쓰며 물었다. 테사가 고개를 살짝 저으며 대답했다.

"잘 지낼 거야. 루카하고는 오해를 풀었대. 물론 전만큼 루카에게 목매는 것 같지는 않지만 말이야. 그리고 다른 친구들과도 화해했다나 봐."

"그래. 하지만 너는 여전히 그 그룹에 들어가지 못한 거지?"

테사가 살짝 웃었다. 하지만 눈빛은 어둡고 슬퍼 보였다.

"당연한 일이지. 프란체스카는 아무것도 하지 않아. 결국은 다 그렇잖아. 안 그래? 다른 사람의 도움을 받고는 금세 잊어버리는 거. 그래도 난 그 애를 도울 수 있어서 기뻤어."

미켈레는 입술을 깨물었다. 뭔가 위로를 건네고 싶었지만 마땅한 말이 생각나지 않았다. 어색하게 우물대는 사이, 다행히 바질 차례가 되었다.

바질이 무대 대용으로 대충 쌓은 타이어 더미 위로 올라갔다. 미켈레가 슬쩍 손짓을 했다. 미켈레를 발견한 바질도 싱긋 웃고는, 모자를 살짝 내린 뒤 시를 낭송하기 시작했다.

"밤이 얼마나 지속될지 그대는 아는가. 나는 도무지 알 길이 없어……. 도시의 소음이 모두 삼켜지면 나의 어떤 생각이 남게 될까? 아니, 이 모든 것은 새벽과 함께 사라지는 부질없음일까?"

시어들이 부드럽게 물결치자, 수많은 눈과 귀가 바질의 입에서 나오는 말을 쫓았다. 바질의 부드러운 목소리는 문장마다 각기 다른 느낌을 불어넣었다. 미켈레는 바질의 시가 얼마나 많은 힘과 감동을 전달하고 있는지를 느끼고는 깜짝 놀랐다.

시 낭송이 끝나고, 박수갈채가 터져 나왔다. 함께 터져 나온 환호성도 박수 소리만큼이나 어마어마했다. 미켈레가 테사 쪽으로 몸을 기울이며 소곤거렸다.

"저건 프란체스카를 위해 쓴 시일 거야. 그 애도 바질을 보러 오겠다고 약속했거든."

미켈레의 말에 테사가 가느다란 손가락을 들어 얼굴을 가렸다. 하지만 얼굴에 떠오른 불쾌한 표정이 다 가려지지는 못했다.

"결국 난 프란체스카를 전혀 이해하지 못한 거네. 바질도 이번 기회에 프란체스카와 잘 지내고 싶었을 텐데…… 아무튼 바질이 상처받지 않았으면 좋겠어."

두 사람이 이야기하는 사이, 바질이 무대에서 내려와 두 사람 곁으로 다가왔다. 아직 흥분이 가라앉지 않아 얼굴이 한껏 상기되어 있었다. 미켈레가 바질의 어깨를 두드리며 칭찬을 건넸다.

"네 시, 정말 굉장하더라."

"와 줘서 고마워. 그런데…… 그 애는 안 왔나 봐."

활짝 웃던 바질이 살짝 시무룩해졌다. 테사가 그런 바질의 등을 두드렸다.

"대신에 다른 사람들이 아주 많이 왔잖아. 이중 누군가는 프란체스카처럼 마음이 아픈 상태일지도 몰라. 그런 프란체스카를 위해서 쓴 시니, 그 사람들에게도 감동을 주었겠지. 그러면 결국 프란체스카에게도 닿았다고 할 수 있지 않을까?"

"하여튼! 프란체스카부터 찾다니…… 우리를 대하는 태도랑 너무 다른 거 아니야?"

미켈레가 끼어들어 장난스럽게 말하자, 바질의 귀가 순식간에 새빨개졌다.

"그야 프란체스카는 정말 예쁘잖아. 머리칼도, 미소도⋯⋯. 어쨌든 나는 앞으로도 그 애를 위해서 계속 시를 쓸 거야!"

바질이 목소리를 너무 높이는 바람에 주변의 아이들로부터 따가운 눈총이 쏟아졌다. 세 사람은 슬쩍 눈빛을 교환하고는 소리 죽여 함께 웃었다.

미켈레는 웬만해서는 초조해하는 법이 없었다. 경기든 시험이든 한번 집중하면, 그에 몰두하느라 다른 생각은 하지 못하기 때문이었다. 하지만 오늘만큼은 차라리 테사 열 명을 상대하는 게 훨씬 낫겠다는 생각이 들 정도였다.

다행히 가장 어려운 부분은 해결이 된 상태였다. 미켈레는 지난 한 주 동안 여러 사람을 찾아다니며 힘든 부탁을 했다. 거기에는 아버지의 도움이 가장 컸다. 보병 팀으로서 마지막 경기를 했던 밤, 미켈레는 아버지에게 루카 이야기를 했고 도와주겠다는 약속을 받았다.

엄마도 꽤 중요한 역할을 했다. 엄마의 꽃무늬 수첩은 통화해야 할 전화번호와 만나야 할 약속으로 빽빽해졌다. 조금도 어긋나지 않도록 초 단위의 계획을 세우고, 조직력과 추진력으로 이를 실행하는 데는 엄마를 따라올 사람이 없었다.

그 계획에 맞추어 루카 아버지는 물론, 프란체스카를 비롯한

다른 이들도 각자 맡은 역할을 잘 수행했다. 일주일 동안 완벽하게 계획하고, 모든 것이 맞물려 돌아가도록 완성시킨 후, 결전의 날을 맞이한 거대한 작전이었다.

금요일 오후, 커다란 가방을 멘 루카가 예상대로 마테오티 거리로 들어섰다. 미켈레는 스포츠 클럽 옆에 있는 론디넬라 극장의 하늘색 기둥에 기대어 루카를 기다리고 있었다.

"타데이? 네가 여기 웬일이야?"

미켈레를 발견한 루카가 못마땅한 얼굴로 물었다.

"잘 들어. 내가 상관해도 될 일이었다면 네가 프란체스카에게 한 짓을 주먹으로 갚아 줬을 거야. 그런데 프란체스카에게 사과하고 너희끼리 대화로 풀었다고 들었어. 아, 네가 집에서 일주일이나 울었다는 이야기도 네 아버지께 몰래 전해 들었지."

미켈레의 말을 듣는 루카의 얼굴에서 핏기가 사라졌다.

"무슨 헛소리야? 하나도 안 웃기는데."

그러고는 미켈레 쪽으로 한 걸음 움직였다. 괜히 위협적으로 보이기 위해 잔뜩 힘을 준, 그런 걸음이었다.

"내 말 아직 안 끝났어."

미켈레가 낮은 목소리로 경고했다. 미켈레는 센 척하는 사람을 종종 만났다. 특히 운동을 하는 사람 중에는 그런 아이가 흔하기도 해서 어설픈 위협 앞에서 겁을 내면 안 된다는 것을 잘 알고 있었다.

"네가 한 짓의 대가를 치르게 하고 싶지만 그건 더 이상 내 권한이 아니고, 그렇게 한들 앞으로 달라질 게 없을 거라는 것도 알아. 너는 한쪽 눈만 대충 가리고 바보 같은 짓을 계속할 테니까. 그래서⋯⋯."

미켈레는 스포츠 클럽을 가리켰다. 문 곳곳에 하얀 종이가 붙어 있었는데, 거기에는 이렇게 쓰여 있었다.

### 가우디니 체육 고등학교 선발 시험

루카가 당황한 얼굴로 말했다.

"무슨 소리야, 그게? 저게 뭐⋯⋯."

"일단 들어가서 최선을 다해."

미켈레가 대답했다. 그리고 진지하게 루카를 바라보았다.

"그리고 탈락해도 불평하지 마. 이번 결과는 완전히 네 실력에 달려 있으니까. 네가 누구인지, 어떤 비밀을 갖고 있는지는 아무도 관심 없어. 그러니 실력만으로 너를 증명해 봐."

"뭐? 아니, 대체⋯⋯ 무슨 소리를 하는 거야? 접수도 못 한 시험을 어떻게⋯⋯."

"사실 나도 좀 웃기지. 너 같은 애를 돕겠다고 나서다니."

루카가 지금의 상황을 이해했는지는 중요하지 않았다. 아니,

어쩌면 모르는 게 더 좋을지도 몰랐다. 어쨌든 미켈레의 행동이 루카만을 위한 것은 아니었기 때문이었다.

앞으로 휠체어에 앉아 친절하게 웃는 루카 아버지를 볼 때마다 자신의 어리석음을 자책하고 싶지는 않았다. 그리고 자신이 새로운 집에서, 엄마의 기묘한 가게에서, 쿵후 도장과 그 밖의 모든 곳에서 새로운 기회를 얻은 것처럼 루카도 그러기를 바랐을 뿐이다.

미켈레는 멍하니 서 있는 루카를 내버려 두고 손을 휘적휘적 흔들며 돌아섰다. 힘들긴 하겠지만 잘해 보라는 나름의 진심이 담겨 있었다. 물론 작은 복수의 마음도 없지는 않았다. 가우디니 체육 고등학교는 힘들기로 유명했다. 아무리 루카라도 그 학교의 엄격한 규칙을 무시하지는 못할 것이다.

미켈레는 빙긋 웃었다.

## 여름의 시작

미켈레는 엄마가 늘 주의산만하고 섬세하지 못한, 그래서 약간은 둔한 구석이 많다고 생각했다. 그런데 그런 엄마가 지난번 경기 때 미켈레의 몸 상태가 좋지 않다고 했던 아버지의 말을 기억하고 있는 모양이었다. 엄마는 집에나 있으라면서 나가지 못하도록 아침부터 일을 떠안겼다. 물론 어려운 건 아니었다. 엄마와 함께 식물들의 분갈이를 하는 일이었다.

"그래, 졸업 리포트 주제는 결정했니?"

엄마가 발음하기에도 어려운 꽃들의 잎을 하나하나 꼼꼼히 살피면서 물었다.

"일단은 우주 쪽으로 방향을 잡았어요. 그런데 우리 집 베란다를 보고 있자니, 생물에 대해서 써 볼까 싶기도 해요."

"그 집에 사는 너는 야생 동물로 분류되는 거고?"

미켈레가 웃음을 터뜨렸다. 엄마와 이렇게 웃으며 대화하는 건 정말로 오랜만의 일이었다.

"동물과 꽃 이야기를 하니까 생각났는데, 지난번에 절 이름으로 부르셨잖아요. 이제 식물 이름 붙이는 건 그만두시는 거죠?"

"순진하구나, 양귀비!"

미켈레의 말에 엄마가 눈을 찡긋하며 장난스럽게 웃었다. 미켈레는 어깨를 으쓱했다. 그나마 양귀비는 좋아하는 꽃이어서 참을 만했다.

"그나저나 농구 선수권 대회 우승컵이 완벽한 꽃병 모양인 거 아세요?"

"그래서 마티아에게 주장 자리를 넘겨준 게 아쉬워. 여기와 잘 어울렸을 텐데."

엄마가 반쯤 비어 있는 나무 선반 하나를 가리키며 말했다.

"그렇지만 아주 잘했어. 엄마는 네가 자랑스럽단다."

"……하나만 여쭤 봐도 돼요?"

미켈레가 잠시 망설이다가 몸에 묻은 흙먼지를 툭툭 털며 슬쩍 말을 꺼냈다.

"마티아네 엄마가 미우세요?"

엄마는 손놀림을 멈추지 않았다. 표정에도 딱히 변화가 없어서 어떤 기분인지 도저히 알 수가 없었다.

"음, 미워한다고까지 하긴 좀 그런 것 같아. 네 아빠가 원래 바람둥이인 걸 어쩌겠어. 어머, 방금 한 말은 실수!"

예상 밖의 대답에 깜짝 놀랐다. 농담처럼 넘겼지만 엄마의 진짜 마음을 들여다본 것 같아서 기분이 이상했다. 미켈레가 가만히 바라보자 엄마가 나직이 웃었다.

"오늘 한 이야기는 둘만의 비밀이야. 알았지? 내가 보기에는 알레산드라한테 다른 꿍꿍이가 있는 것 같지만, 말했듯이 네 아빠의 일이니까. 그리고 아마 네 아빠도 알레산드라의 진짜 생각을 알고 있을 거야. 그래도 좋다잖아. 그러니 더는 신경 안 써."

엄마가 공범에게 보내듯 의미심장한 윙크를 날렸다. 문득 옆집 발코니를 침범할 정도로 길게 늘어진 틸란드시아가 눈에 들어왔다.

다 죽어 가던 식물을 되살려 놓은 사람은 바로 엄마였다. 미켈레는 그동안 엄마의 다른 모습을 생각해 보려 한 적이 없었다는 사실을 깨달았다. 엄마는 미켈레의 생각보다 신중하고 재미있는 사람일지도 모른다. 그래서 보통은 엄마의 행동이나 생각을 이해하지 못했지만 오늘은 달랐다. 오늘만은 왠지 엄마를 이해할 수 있을 것 같았다.

잠깐 쉴 겸, 엄마에게 살짝 눈짓하고 베란다를 나가 부엌으로 갔다. 조리대 위에 걸터앉아 주머니에 있던 휴대폰을 꺼냈다. 최근 사용한 앱 중 가장 앞에 떠 있는 마이 셀프 아이콘을 물끄러미 바라보았다. 설치할 때까지만 해도 이 앱에 대해서 깊게 생각하지 않았다. 하지만 이제 미켈레는 이 앱이 가질 수 있는 위험성을 알고 있었다. 더 이상 사용하면 안 된다는 것도.

얼마 전부터 머리에서 계속 떠나지 않아 괴로운 일이 하나 있었다. 바로 테사의 남자 친구 존재 여부였다. 당연히 직접 물을 용기 같은 건 없었고, 그래서 망설이다가 결국 앱을 열었다. 마이 셀프는 그 답을 찾을 수 있는 유일한 방법이었다.

테사의 프로필을 찾았다. 이번만 보면 모든 게 확실해질 것이다. 테사는 미켈레가 모두의 비밀을 읽을 수 있다는 사실을 알고 있으니, 그곳에 뭔가를 올린다면 미켈레가 봐도 상관없다는 뜻일 터였다.

가장 최근에 올린 사진은 바다를 헤엄치고 있는 거북 가족의 모습이었다. 그 아래에 이런 글도 함께 적혀 있었다.


**때를 놓쳤다. 올 여름에는 시모네에게 돌아가지 못할 것 같다.**


미켈레는 자세를 바꾸고 이전에 올린 테사의 글들을 좀 더 꼼꼼하게 살펴보기 시작했다. 스크롤바를 내리던 중, 어떤 링크가 눈에 띄었다. 링크를 타고 들어가니 사흘 전에 신청이 마감된 이벤트 페이지가 떴다. 올해는 시칠리아에서 바다거북의 생태를 조사할 예정이라는 그린피스의 방학 캠프 안내문이었다.

테사는 작년 여름에도 같은 캠프에 참가했고, 거기서 시모네라는 아이를 만난 것 같았다. 물론 올해는 그 남자아이를 만나지못하게 된 것 같지만. 모르는 아이와 웃는 테사의 모습을 떠올리자 심장이 쿵쾅대면서 얼굴이 절로 찌푸려졌다.

머릿속에서 지난날의 일들이 하나씩 스쳐 지나갔다. 초록 모퉁이에서 엄마의 선물을 기쁘게 받아 주었던 테사, 미켈레를 이해해 준 테사, 바질을 위로하던 테사, 프란체스카를 도울 수 있어서 기쁘다고 말했던 테사……

침을 꿀꺽 삼켰다. 자신이 찾던 진짜 대답은 바로 이것이었다. 테사를 좋아하고 있다는 것. 눈을 가늘게 떴다. 밖에서 엄마의 흥얼거림이 작게 들려왔다. 내가 뭘 할 수 있을까? 손 안에는친구들의 비밀을 파헤칠 수 있는 강력한 무기가 있지만, 그걸로스스로를 도울 방법은 없었다. 후드티를 걸쳐 입고 집을 나섰다.생각을 하려면 좀 걸어야 할 것 같았다.

남은 학기는 눈 깜짝할 사이에 지나갔다. 중학교에서의 마지막 시험을 마치고 방학을 맞이한 날이었다. 미켈레는 앞다퉈 학교를 빠져나가려는 학생들로 북적이는 운동장을 바라보았다. 아직 졸업까지는 시간이 남았는데 벌써 다른 사람이 된 기분이었다. 더 크고 더 자유로워진 기분이랄까.

"안녕? 나 좀 집까지 바래다줄래?"

테사가 불쑥 나타나 미켈레의 자전거를 톡톡 두드렸다. 가슴 왼쪽에 프랑스어로 '다시 보자'라는 말이 새겨진 티셔츠를 입고 있었다. 미켈레가 고개를 살짝 끄덕이자, 테사는 자전거 뒷좌석에 털썩 주저앉았다. 맞다, 방학에도 그리고 학교를 졸업해도 원한다면 언제든 다시 만날 수 있다.

"오늘 시험도 복습할 거야?"

"다들 그렇게 생각하겠지? 하지만 글쎄."

테사가 어깨를 으쓱하며 덧붙였다.

"너는 뭔가를 다른 사람들 때문에 한 적 없어? 그냥 사람들이 그렇게 하길 바라고, 그렇게 생각한다는 이유로 말이야."

"음, 비슷한 일은 있었지."

미켈레가 눈을 가느다랗게 뜨고 잠깐 생각하다가 대답했다. 그러고는 발로 땅을 밀어 자전거 바퀴를 굴렸다.

"그러면 오늘은 책 보지 마. 대신 다른 곳에 데려가 줄게."

미켈레는 등에 닿는 테사의 숨결을 느끼며 빠르게 페달을 밟았다. 테사는 언덕길이나 구불거리는 좁은 길을 지날 때만 잠깐씩 움직였을 뿐, 꼼짝도 하지 않았다.

그렇게 얼마간 달려서 공원 언덕 정상에 도착했다. 두 사람은 자전거에서 내려 나무 아래에 나란히 앉았다.

"웬일로 오늘은 공부하고 싶은 생각이 안 드나 봐? 너, 공부 좋아하잖아."

"맞아, 하지만 다른 것도 좋아해."

테사가 대답하면서 뒤로 벌렁 누웠다.

"뭐? 거북이 같은 거?"

가볍게 던진 미켈레의 말에 테사가 용수철처럼 벌떡 몸을 일으켰다. 그러고는 미켈레를 노려보았다. 다행히 경멸하는 눈빛은 아니었다.

"그럴 줄 알았어. 너지?"

"뭐가?"

미켈레가 헛기침하며 시치미를 뗐다.

"지난주에 메일을 한 통 받았어. 늦기는 했지만 그린피스 여름 캠프에 보낸 참가 요청을 허락하겠다는 메일이었어."

테사는 미켈레를 뚫어지게 바라보며 말을 이었다.

"그 아래에 '내'가 함께 보냈다는 비디오가 첨부되어 있더라. 인스타그램에 올렸던 사진 몇 가지를 편집한 건데, 금붕어에게 빵 부스러기를 주는 사람들한테 화내는 모습이랑 삼촌네 텃밭에 씨를 뿌리는 모습 같은 거였어."

테사가 고개를 저으며 미켈레를 다시 보았다.

"그런데 그중에 너한테만 보여 주었던 사진이 있더라고. 분명히 기억해."

그 말을 듣자마자 얼굴이 훅 달아올랐다. 급하게 만드느라 사진을 좀 더 꼼꼼히 선택하지 못한 게 화근이었다. 물론 만들면서도 테사가 알게 될지 모른다고 생각하긴 했지만, 그래도 가능하면 들키지 않기를 바랐다.

"……그러니까 캠프에 갈 수 있게 되긴 한 거지?"

미켈레가 침을 삼키며 되물었다. 아무튼 테사를 행복하게 만들어 주고 싶었다. 그곳에서 시모네를 만나고 말고는 크게 중요하지 않았다.

"맞아, 네 덕분이야. 그런데 왜 나한테는 아무 말 안 했어?"

"그야……, 내가 널 위해 뭔가를 했다는 걸 시모네가 알면 싫어할지도 모르니까……. 미안."

미켈레는 끝내 마음을 숨기지 못하고 솔직하게 다 털어놓았다. 테사가 이제야 알겠다는 듯 천천히 고개를 끄덕였다.

"설마 그것도 마이 셀프에서 본 거야?"

"알아, 내가 멍청했어. 나도 알고 있다고."

미켈레가 휴대폰을 꺼내서 테사에게 화면을 직접 보여 주며 앱을 지웠다.

"바이바이, leftloud4. 비밀은 이제 끝."

기분이 이상했다. 아쉽기도 하고 섭섭하기도 했다. 하지만 한결 가벼워진 것은 분명했다. 미켈레는 잠시 눈을 감고 언덕 위로 부는 시원한 바람을 느꼈다.

"너, 정말 바보구나?"

테사가 웃었다. 다른 생각을 모두 잊게 할 만큼 맑고 투명한

웃음이었다.

"시모네는 그린피스 캠프에서 만난 자원봉사자야. 거북을 엄청나게 사랑하는 예순 넘은 할아버지라고. 작년에 캠프가 끝나고 시칠리아에서 다시 만나자고 약속했어."

머릿속에서 반짝 불이 켜지는 기분이었다. 고개를 들어 보니, 왠지 테사의 얼굴도 달아오른 것처럼 느껴졌다. 그 순간, 테사가 가까이 다가와 미켈레의 볼에 입을 맞추었다.

"이건 멋대로 그린피스에 비디오를 보낸 것에 대한 벌이야."

미켈레는 민망한지 잽싸게 멀어지는 테사의 손을 붙잡아 끌어당겼다. 그동안 수천 번이나 상상해 온 순간이었지만, 막상 그 상황을 맞이하자 어떻게 할지 몰라 어리바리하게 구는 자신이 어색하고 부끄러웠다. 하지만 그럼에도 행복했다.

여름이 막 시작되었다.

# 나는 너의 비밀을 알고 있어

**첫판 1쇄 펴낸날** 2021년 5월 31일
**4쇄 펴낸날** 2022년 7월 20일

**지은이** 지아다 파베시  **옮긴이** 이현경
**발행인** 김혜경  **편집인** 김수진
**주니어 본부장** 박창희
**편집** 길유진 진원지 강정윤
**디자인** 전윤정 김혜은
**마케팅** 최창호 김봄
**경영지원국** 안정숙
**회계** 임옥희 양여진 김주연

**펴낸곳** (주)도서출판 푸른숲
**출판등록** 2003년 12월 17일 제2003-000032호
**주소** 경기도 파주시 심학산로 10, 우편번호 10881
**전화** 031) 955-9010  **팩스** 031) 955-9009
**홈페이지** www.prunsoop.co.kr  **이메일** psoopjr@prunsoop.co.kr

＊이 책에 쓰인 아이콘은 프리픽(Freepik)에서 제공받았습니다.
＊잘못된 책은 구입하신 서점에서 바꾸어 드립니다.
＊본서의 반품 기한은 2027년 7월 31일까지입니다.